ものごころ

小山田浩子

文藝春秋

目次

ものごころ

はね

　中学受験に失敗し地元の公立中学校へ通うことになった。受験はどちらかというと両親の意向だったが、絶対確実と言われていた学校まで落ちたのはこたえた。クラスにちらほらいた中学受験する同級生はみなどこかしらに合格していた。まさか高梨くんが失敗するなんて、と嫌味でもなんでもなく心底驚いたように目を丸くしていた同級生もいた。気の毒に、インフルエンザでしょ？　嘔吐下痢って聞いたけど。右手を疲労骨折してたんだってね？　敗因はいろいろ取りざたされたが多分ただの風邪、父親に飲まされた高いドリンク剤を第一志望校のトイレで吐いた。甘くて苦くて臭い液が鼻に上がって痛かった。受験に失敗した僕に中学の同級生は優しかった。一生分の塾通いを小学校の間に済ませた気分だったので塾には行かないと両親に言い両親もそれを承諾した。それで特に成績が悪くて困ったこともない。が、二年生になったとき母親が突然家庭教師をつけないかと言い出した。僕は断った。母親は含み笑いして事情があるのよと言った。僕には昨年結婚した従兄がいる。彼の結婚相手は大学時代に塾講師と家庭教師のアルバイトをしていたらしい。結婚まで勤めていた職場を辞めた彼女はいま短時間パート勤めをしているのだが、空き時間に近所の誰かを教えようと考えているという。「だから、あなたが手始めに教わってみたらいいと思って。学歴だけじゃないのよね。教えるのには上手い下手があって、ホナミさんはそれが上手なんですって」従兄の結婚相手は披露宴で見たきりだ。顔も体も小さく白く、ベールやドレスや花束に埋もれていた印象がある。もし、それで志望校に落ちたりしたら今後の親戚づき合いが気まずくならないだろうか。「別に受験までお世話になると限らないでしょ、合わなかったらやめる理由なんていくらでもつくし……ホナミさんなら人柄は間違いないしそれに、ほら、新婚さんでしょ。家庭教師の会社に登録を断られたんですって。年度の途中で赤ちゃんでもできて、生徒さん放り出されたりしちゃ困るって」僕なら途中で放り出されてもいいのだろうか。「だって、そりゃ、身内なら融通がいくらでも利くじゃない……お互いのためなのよ」ホナミさんはそんなにお金に困っているのだろうか。「週に一回勉強見てもらう月謝なんてそもそもたかがしれてるでしょ、就行《つきゆき》くんはちゃあんと稼いでるだろうし……どっちかというと精神の問題なのよ」精神の問題、それで、僕は週に一回、土曜日の午後に、自転車で従兄の家に通い数学と英語を教わることになった。

最初は母親と一緒に車で行った。従兄は土曜日も勤務らしく不在だった。ホナミさんは披露宴で見たときの印象と違い、小さくも白くもなくメガネをかけていた。家は大きくはなかったが新しくて清潔に見えた。ホナミさんはクリーム色の靴下でフローリングを音もなく歩いた。母親は来客用らしい硬いスリッパをパタパタ鳴らした。薄い色の木でできた長方形の食卓で僕と母親はホナミさんが淹《い》れたお茶を飲み母親が持ってきたケーキを食べた。僕の真正面の壁に絵がかかっていた。A４くらいの大きさで、彩色されていないペン画だった。「友達が描いたんです」とホナミさんは言った。従兄と二人暮らしなのに食卓には椅子が四脚あった。一つの長辺に二つ、二つの短辺にそれぞれ一つずつ、僕と母親が長辺に並び、母親と角を挟んだ短辺にホナミさんは座った。紅茶からはブドウかなにかのらしい甘酸っぱい匂いがしたが甘くはなかった。壁の絵は猿が木の上からこちらを見ている柄だった。ニホンザルではなく、熱帯風の、顔が小さく尻尾が長いやつだ。一生の大半を樹上で過ごし、たまに地面に降りるとよたよた慌てふためいて木に戻るような、主食は木の実だが昆虫なども食べないではない。写実的ではないが生き生きした絵だった。「経験上、一時間授業だと集中力が続かないんです、お互いに」ホナミさんは言った。「ですから、四十分授業をして、休憩は十分から十五分、長さは生徒さんの様子を見て決めます。それから、もう一教科を同じように四十分、また休憩、最後に宿題を出します。経験上、得意科目を先にやったほうがいい結果になる生徒さんが多かったのでそうしたいのですが、英語と数学ならどちらが好きですか？」僕はどちらでもいいですと答えた。「成績がいいのは？」どっちもどっちですと僕が答えた。母親が小さく首を傾《かし》げてみせたがホナミさんは無視した。「だったら数学を先にしてみようか。私が得意だから」母親はうふふと作り笑いのような声を立てた。僕は母親を横目に睨んだ。母親は「私ねえ。本当に数字が苦手なの。算数も数学も家計簿もダメ。だから数学が得意なんてホナミさん尊敬しちゃう。私の周りには一人もそんな女の子いなかったもの」「そうですか」「私が初めてお勤めしたころはまだそろばんでね。信じられないでしょ！　事務だったからできなくちゃダメだって言われてそろばん塾に通わされたの。小学生に混じってねえ、もういやでいやで。なんとか習ってパチパチやったけど、辞めたらすぐにわかんなくなっちゃった」「そろばんは、私も小学一年生のころに通っていたそうです。覚えてないですけど」「やっぱり子供のうちからやらないとダメよねえ」「合う合わないがありますよね」ホナミさんはそろばんにいやな思い出でもあるのか顔をしかめた。「学校で使っている教材を見せてもらっていい？」僕はリュックから教科書などを出した。「習ってるのはここまで？」ホナミさんは教科書をめくって頷くと「私も、大学卒業以来だから、もう五年ぶりに中学生の数学、見ます。緊張するな」「こう言っちゃ変ですけど、のんびりお願いしますね。急いで成績をどうこうじゃないですからこの子の場合」「優秀だとうかがっております、義母から」「コツコツやれる子なんですよ。天才タイプじゃないんだけど」「努力も才能って、言いますよね。私もよくそんな風に言われました。経験上、必ずしもそうかなとは思いますけど」ホナミさんは僕の学校の授業ノートに目を落とした。「男の子にしちゃ、字もきれいでしょ？」「丁寧ですね」母親はうふふ、うふふと笑いながら自分が買ってきたロールケーキを食べた。

その日は教材の打ち合わせなどだけで授業はなかった。母親は帰り運転しながら交通量の多い道を自転車で行くことになるから気をつけるようにと繰り返した。「雨の日は送ってあげるけど」いいよと僕は言った。雨の日は歩いて行く。「経験上、って何度も言ってたね」何人くらい教えたことがあるんだろう。「大学のたった四年間のアルバイトなんだから十人も二十人もいやしないでしょう」やや非難がましい口調に聞こえた。「お客さん用のカップとお皿のセット持ってないのかしら」え？「お茶のカップとケーキのお皿バラバラだったじゃない？」そうだっけと僕は思い返した。別にそんなのどうでもいいだろうと思った。「ああいうのは嫁入り道具に用意するものよ……男の子にはわかんないか」母親は一時停止し、信号のない横断歩道で待っていた小学生たちに手で渡るよう促しにっこり笑った。小学生たちはぴょこんと頭を下げ、黒ランドセルをがたがた揺らしながら走り去った。「ついこないだだったのにねえ、あんたも」母親は言って発進した。

土曜日、自転車で従兄の家に向かうと想像より早く着いた。約束の時間まで十分以上ある。あんまり早すぎるのもな、と思いつつ、でも時間を潰す場所もない。おそるおそる門をくぐって家の脇に自転車を停めようとしていると庭からホナミさんが出てきていらっしゃいと言った。「すいません、早くて……」「大丈夫。こんなもんでしょ」ホナミさんは手に何か持っていた。大きなスポイトのようだった。スポイト？「これ？　いまヤゴの世話してて……」「ヤゴ？」ホナミさんはこっちに来てと言って庭に入った。「狭いけど」庭は本当に狭かった。庭というか、家と家との間の広めの通路という感じがした。ホナミさんは裸足につっかけだった。居間から直に庭に降りたらしい。足の指がとても長く見えた。「お隣さん平屋だからこの時間は割に光が入るの」家の軒下に、一抱えはある重たそうな黒い壺が置いてあって日光が射していた。壺というか、どんぶりをそのまま大きくしたような陶器で、上から草が飛び出ている。「この鉢でメダカを飼ってる」「メダカ」見下ろすと、縁から二センチくらいのところまで水が入っていて水草が浮いている。水面から十センチくらいの高さの草には小さい白い花が咲いている。「メダカ、見える?」ホナミさんはしゃがんで指差した。しばらく視線を固定すると、ただ光って見えていた水面が突然奥行きを有しついっとメダカが横切った。尾というか下半身が少し曲がっていて白い粒がたくさんくっついていた。卵を産むところらしい。「黒いのと、薄ピンクのもいるよ……黒メダカとヒメダカ」水面に浮かんでいるのだけでなく、水中に沈んでいる細い葉っぱの水草も見えた。水面に浮かんでいる方の葉っぱの縁に黒い小さい巻貝がくっついている。水中の細い葉っぱの一部から、細かい丸い気泡がまっすぐ水面に立ち上っているのが見えた。「これ、光合成の?」「そうそう。やっぱりね、太陽は偉大」ホナミさんは笑った。「でね。こっちがヤゴ」メダカ鉢の隣に小さい四角い水槽というか、飼育ケースが置いてあった。子供が虫捕りに使うようなプラスチック製のやつだ。そこにも水と水草が入って、縁に竹ひごが立ててある。蓋はない。ホナミさんはケースを持ち上げ「見えるかな」と僕の目の高さに掲げた。細い生き物が水草の中に絡まるようにじっとしていた。薄茶色い。「見えました」「これ、ヤゴ。お尻から水を出してすごい速度で泳ぐんだよ」飼育ケースの内側にも黒い小さい貝がいくつもくっついている。透明なケース越しに、青黒い貝の肉が動いているのが見えた。

触角らしい突起も二本ずつあった。「貝が、餌ね。自然に増えるから」ホナミさんはスポイトで水中のヤゴに水をふきつけたらしい。細長い生き物は身をくねらせ、確かにものすごい速度でケースの端っこまで泳いでまたじっとした。魚のような、でも、形は硬そうな甲殻類っぽく、下半身だけくねらせる動きは人魚っぽかった。「これねえ。多分水草についてたんだな。メダカを何匹もやられたんだよ。本当はメダカもっといたのに減っちゃって、それで病気かと思って鉢を調べたらヤゴが出てきてね……捕まえるの大変だったよ。この鉢は黒いから中が見えにくいし水が動くと土が舞い上がって濁るし……でもこのままじゃメダカ全滅しちゃうと思ってね。必死で手、突っこんで探して、メダカの仇《かたき》って、つぶしてやろうと思ったけど、いざ捕まえたらなんとなくかわいくてね」「理系だから生き物が好きなんですか」「どうだろう？　でも、就行さんも理系だけどあんまり興味、ないみたい」そういえば従兄は僕の第一志望の私立男子校の出身だった。大学は関西の国立へ行った。「ヤゴはトンボの幼虫ですよね」「そうそう」「不完全変態」「よく知ってるね」「中学受験の理科で。トンボは引っかけなんです。ヤゴと形が全然変わるから完全変態だって思われがち。でもそうやってみんな対策するから誰も引っかからない。中学受験はそんなのばっかです。メダカのオスメスとか」「見分け方？」「はい。ヒレが違う」「そうそう。私も習ったけど、泳いでるのここから見てもわかんない」「そうですね」「でも、メスはすぐ卵を産むからそれでわかるね。朝、卵ぶら下げてるなって思って、夕方見たらなくなってて身軽になってて、ああ産んだと思って次の朝見たらもう新しい卵つけて泳いでるの。大変だなあって思う」「どんどん増えますね」「卵は別にしとかないと大人が食べちゃうみたい。だからそんなに増えてない」「なんか残酷ですかね」「そうだねえ。まあ、ペットもなにも、人間が動物にすることっていうのは全部残酷だね」「ほあー」「あ、ごめんごめん、時間になっちゃうね。入ろうか」ホナミさんはヤゴのケースを下に置くとよいしょっと言って立ち上がった。「見てると時間を忘れちゃうね」ホナミさんは居間の掃き出し窓から、僕は玄関から、それぞれ家に入り手を洗い食卓に座った。ホナミさんは前と同じ場所に、僕は前回母親が座った椅子に座った。前は気づかなかったがこう座ると僕の左手、ホナミさんの背中側が庭になり、レースのカーテン越しに庭が、というかメダカ鉢の形が見えた。ヤゴのケースは見えず、竹ひごの先端だけわかった。ホナミさんはこれがいいかと思って買っておいたと市販の問題集と新しいノートを出した。「私A罫が好きなんだけど、大丈夫？」「え、はい、もちろん」「なんか、罫線が細い方が賢そうみたいなの、ない？」「あー、はい」「じゃあ、いまからとりあえずやってみましょう」「よろしくお願いします」僕は頭を下げた。ホナミさんは問題集を開いてページの真ん中をぐっと押しつけ平らにした。網戸越しの風がレースのカーテンを少し膨らませていた。

従兄の家に行くたびに、早めに着いてメダカとヤゴを見るのが習慣になった。ホナミさんもそのタイミングでたいがい庭に出ていた。ホナミさんはいつも裸足につっかけだった。週に一度だと、水草や、ヤゴの成長などがはっきりわかった。「これ、こないだ脱皮したの」とホナミさんは黒い紙の上にテープで貼った白っぽいヤゴの殻を見せてくれた。アオコという植物プランクトンが増えて水が濁って困るとこぼすこともあった。「見てて」ピンセットを水に突っこんでぐるぐる回し引き上げると、先端に緑色のとろろ昆布のようなものが絡まってくっついている。「あんまりひどいとメダカが動きにくいし」「光合成するんですか、これも」「そうね、これも植物だから酸素は供給してくれるけれども……ああ、だからね、日陰の時間が長い場所にはできないよ、水草の陰とか。日が当たるところにできる。自然は全部理にかなってるね」ピンセットの先のどろどろを、ホナミさんはピッと手首にスナップを効かせ庭に振り落とした。庭にはちょぼちょぼ雑草が生えていて、そこに落ちたアオコはそういう地べたに張りつく雑草に見えた。「いつ羽化するんですかね」「秋ごろじゃないかなあ。なにトンボだかわかれば予想がつくんだろうけど、多分イトトンボ系じゃないかと思うんだけど、イトトンボにもいろいろあるし。クロイトトンボ、キイトトンボ、ヒメイトトンボ、セスジイトトンボ、ベニイトトンボ……」「羽化しないと」「そうそうそう」

ある日、そうやってヤゴやメダカを見て室内に入ると、居間の食卓のいつも僕が座る場所に従兄がいたのでぎょっとした。なぜかホナミさんもぎょっとして見えた。「おつかれさん」笑顔で従兄はそう言うと「今日は俺も休みなんだよ」「二階に行ってててって言ったでしょ」ホナミさんが言った。「見てたらやりづらい？」従兄は少し太っていた。気楽そうな半袖シャツにゆったりしたズボンをはいていたが、手首に重そうな金属製の腕時計をはめていた。「やりづらいよ。私がやりづらいよ」「先生してるとこ、見たかったなー」「やだ。絶対にやだ」「コーヒー淹れてるから、それできたら上がるよ」言われてみれば、嗅ぎ慣れないコーヒーの匂いが部屋に漂っていた。こぽこぽ水音もしている。ホナミさんはいつも休憩時間に紅茶か緑茶を出してくれた。「なんか、すいません、お休みのとこ」僕が言うと従兄はわははと笑って「他人かよー。でも、助かるよ、ホナミは教えるのが張り合いみたいだし」「いや、それは、こちらこそ」「大人かよー」従兄は立ち上がり台所に入った。かしゃんと音を立てておそらくコーヒーメーカーからポットを外し、カップに注ぎながら「二人も飲むだろ？」「ありがたいけど、でも、休憩時間にもらうから」「保温しとくとまずくなる」「でも、勉強中に飲まないよ」「俺は受験勉強中ずっとコーヒー飲んでたけどな」従兄は小さい、二口分くらいしか入らなさそうなカップに口をつけながら台所を出て「おかげでいまでもカフェイン中毒だけど。それじゃあ。勉強頑張って」「すいません、ほんと、なんか」「もう中学だもんな。そりゃ大人だよなー」従兄は手首の腕時計をじゃらっと鳴らして部屋を出て行った。「なんか、ごめん」ホナミさんは謝った。僕はいえいえいえと答えた。「座る？」「はい」僕は少し迷ったが従兄がいた場所に座った。まだ少し温かかった。「コーヒー、でも本当に保温しとくとおいしくないから、いま飲もうか？　うちのコーヒーメーカー安いのだからか、なんかすごく酸っぱくなっちゃって」「どっちでも、あの」「じゃあまあ、ちゃっと飲んじゃって、始めようか」もういつもの開始時間は過ぎていた。ホナミさんは台所に入った。「牛乳いる？　普通の牛乳だけど」「あの、大丈夫です」「お砂糖は?」「あ、いいです」ホナミさんは両手にカップを持って出てきた。いつもお茶が入っているのとは違う分厚い大きなマグカップだった。片方の水面は黒く、片方は牛乳が入った色をしている。「ほんとにミルク、なくていい?」「え、あ、はい」「じゃあこっち」ブラックコーヒーを飲むのは初めてだった。いい匂いがして苦かったが思ったより苦くなかった。ホナミさんは軽く眉を顰《ひそ》めて、熱そうにまずそうにミルクコーヒーを飲んだ。いつも閉まっているレースのカーテンが少し開いていて、そこから入った太陽の光が反射し猿の絵の表面が光っていた。「猿が好きなんですか?」「猿?」「絵の、あの」「あー。動物園同好会っていうのに入ってたのね、大学のとき」カーテンが動いていないのに猿の絵の上の光がゆらゆらした。「動物園同好会?」「サークルね。友達に誘われてね。休みの日に、みんなで動物園に行くだけのサークルで。年に何回か遠くの動物園に泊まりがけで行って、和歌山とか天王寺とか上野とか……ディズニーランドにも行ったりして、どっちがメインかわかんないね」「あー、はい」それはいかにも大学生という感じがした。「ほぼ行楽サークルだったんだけど、あの絵の子は本当に動物好きで、行くと、目当ての動物のところに飛んでって絵を描いてね、みんなとは別行動で。私があの猿を褒めたら額に入れてプレゼントしてくれたの」「いい絵ですよね」ただの点のような目に奥行きが感じられ、ほとんど描きこまれていないあたりの毛並みも不思議とふさふさ見える。「ね。本当は多分絵とか動物に関わる仕事したかったんじゃないかとも思うんだけど、普通に就職して結婚したたね」僕は冷めてきたコーヒーをがぶっと飲んだ。ホナミさんはまだ熱そうにすすった。「疎遠になっちゃってるけど元気かな」猿の絵の上の光はゆらゆら生き物のように動いている。カーテンはやはり動いていない。オーロラのようにも水面のようにも見える。「あっ」「どうしたの?」「いや、あの、猿の絵の上で光が動いてて、あれ、メダカ鉢の水の光が映ってるんですね」「え? ああ、そうだね……コーヒー済んだ? 遅くなっちゃったね。ごめんね。始めようか」ホナミさんはカップを二つ持って台所に入った。ホナミさんのカップには多分まだ半分くらいコーヒーが残っていた。「ちょっと、これ先に片づけちゃうね」ホナミさんは水を出し、まず大きな音でうがいしてからカップを洗い始めた。水がシンクに跳ね返る音がした。従兄がいるはずの二階からは気配も物音も全然しなかった。勉強が済んで帰るとき、ホナミさんは二階に「終わったからのぶくん帰るよー」と声をかけたが返事がなかった。ホナミさんは靴箱を開け「就行さんの靴ない」「いつの間に」「気を遣ったのかな……黙って行かれるのも、気分悪いよね。ごめんね」「いや、大丈夫です」僕は頭を下げて家を出た。庭を見ると黒い鉢が庇の影に溶けたようになっていて、あんなに光っていたのが嘘のようだった。

ホナミさんの都合で二週間ほど家庭教師が休みになった。別の曜日の放課後に行く案も出たがお互い調整がつかず、電話で宿題が追加されるにとどまった。翌々週の土曜日の朝、午後は家庭教師だと思いつつぼんやりしていると居間の電話が鳴った。台所の母親が顎でしゃくったので出るとホナミさんだった。「あ、あのね、ヤゴがいま羽化しようとしてるの。見にくる?」

時計を見た。朝の八時半過ぎ、勝手に、ああいう昆虫の羽化は深夜や早朝に行われるものだと思いこんでいた。こんな時間なのか。「え、あ、いいんですか」「うん、いま竹ひご登ってて……どれくらいかかるかわかんないんだけど、もしよかったら。こんな機会多分滅多にないし」「あ、じゃあ、行きます、はい」「そのまま勉強すればいいし、お昼もうちで食べたらいいから」電話を切り、母親に事情を話し身支度して家を出た。羽化にどれくらいかかるのだろう、自転車をどんなに飛ばしてもその間に全て済んでしまうかもしれない。できるだけ急いで、しかし事故などに遭わないようにしつつ（夏休み中に同じ中学の生徒が一人自転車事故で亡くなっていた。体育館で追悼集会があった）ホナミさんの家へ行った。自転車を置いて鍵もかけず庭へ行くとホナミさんがしゃがみこんでいた。「いま出たとこ」ホナミさんはこちらを見てすぐに視線をヤゴのケースの竹ひごに戻した。僕もその隣にしゃがんだ。三十センチくらいのひごの真ん中より少し上あたりに茶色い抜け殻、その上に、黄色いトンボがくっついていた。トンボというか、トンボだと思って見るからトンボだがパッと見たらわからなかったかもしれない。半透明で黄色い細い、マッチ棒より全然細い胴体に作り物のように鮮やかな緑色の筋が入っている。尻の一番先端は茶色が混じったような色でより細くなっている。翅《はね》は胴体より薄い白黄色でくしゃっとしている。いかにも出てきたばかりという感じがする。二等辺三角形の顔の二つの頂点に大きな丸い目玉がくっついていて、丸いというか球《まる》い薄黄色いその中央に茶色と緑が混じったような帯が通っている。細い脚が竹ひごを摑んで震えている。今日もホナミさんは裸足につっかけだった。長い足の指の先端が真っ白に色を失って見える。「速かったよ。思ったよりずっとすぐだった……」ホナミさんの声も少し震えて聞こえた。「ヤゴが水面にいるなあと思ってたら竹ひごに登って……背中が盛り上がったと思ったらぱかっと裂けて、ううん違うな、裂けたっていうかこう、中からぐっと盛り上がって目玉と背中がもりっと出てきて……早送りみたいだった。そこから体を伸ばしてって、ときどき左右に震えるっていうか揺れて……のけぞってお腹も出して、尻尾が抜け殻に引っかかってるみたいになって、それで体を前後にして竹ひごを脚が摑んでから全身、出てきてね」ホナミさんが言っていることはよくわからなかった。トンボはもう、僕が来たときより翅が伸びていた。胴体の透明感は薄れ、その分引き締まり見るからに硬度が増した。黄色と緑のコントラストも強くなった。翅は更に伸び、透明になり、黒い細い線がマス目のようにきっちりした四角形の連続模様となった。逆にみるみる縮んでいく抜け殻からは細い白い糸のようなものが二本飛び出ていて、それは多分、殻と体とをつなぐなにか神経のようなものだろうと思われた。そんな白い糸は確かセミの抜け殻にもくっついていたはずだ。僅かな風にトンボは体を震わせた。乾くにつれ、揺れるのは翅だけになった。しかし、一枚、背中から見て左外側の一枚だけ、途中まで伸びているのに先端がくちゃっと潰れねじれたままだった。明らかに問題、奇形というか、怪我なのか、これでは飛べないのではないか、昆虫の翅は四枚、脚はもちろん六本、空を飛ぶ昆虫の場合、四枚中一枚の翅がだめだったら、それは飛ぶのに不自由するだろう。飛ぶことさえできないかもしれないし、しかもトンボは飛んで狩りをせねばならない。ふらついたり速度が出なかったら狩りをするところかほかのトンボに狩られかねない。「トンボって飼えないよね」ホナミさんが言った。「どうだろう」と僕は言った。「ヤゴだって生き餌、貝があったから飼えたけど……トンボの生き餌って、なんだろう、ハエとかてんとう虫とか?」「あー」「虫かご?」「うーん」「無理だね」ホナミさんは言った。そして立ち上がろうとしてあっと言って尻餅をついた。「脚が……。そっちは大丈夫?」僕はそろそろ立ち上がった。じんじんしたが立てないことはなかった。「若いね」ホナミさんは口の中で笑い、窓に手をつきながらゆっくり立ち上がった。「翅、ダメだよね、あれ」「うーん」「せっかく育てたのになあ……貝だけじゃだめだったのかな」「そういうんじゃないんでは」「狭かったかなあ……生まれつきかなあ……私が捕まえるとき傷つけちゃってたのかなあ」「うーん」「わかんないか。まあ、野生でもこういうことはある……」「そうすよ」「ねー。でもきれいだね」僕たちはしびれが取れるまでそこで立ったままでいた。トンボは動かなかった。翅が日光に透け、格子模様が大きな影になってサッシのアルミ色に映っていた。

部屋に入って、先にお昼にしちゃおうかと言ってホナミさんがうどんを作ってくれた。十一時過ぎになっていた。「卵平気?」「あ、はい」「生卵も?」「はい」うどんには卵とネギととろろ昆布とワカメが載っていた。「就行さんがね、生とか半熟の卵が嫌いなの」「へえ」「知らなかった?」「はい」「私も結婚するまで知らなかった」卵の白身は表面が白くなっていたが箸で触ると中がほとんど生だった。「育ち盛りじゃ足りないよねこれじゃ」「いえ大丈夫です」「ごめんね、冷凍うどん二玉しかなくて」「十分です」「ごめんごめん……」ホナミさんは七味をうどんにたくさんかけた。かけ終わると食べずに立ち上がりレースのカーテンを開けた。竹ひごが見えた。その途中にしがみついている黄色い細いトンボが小さく見えた。食卓に戻ってきたホナミさんは僕の隣に座りうどんの器を引き寄せた。「こっちだとトンボが見えるから」「ですね」「キイトトンボかな」「ええ」「黄色いもんね」「多分」食べ終え、コップで常温の麦茶を飲んだ。氷切らしててごめんとホナミさんは言った。掬《すく》いきれなかった卵の白身がつゆの中に漂っていた。ぬるい黄身は丸ごと吸った。ホナミさんは黄身も箸で崩したらしくつゆ全体が濁っていた。もういい？　とホナミさんは言い、器を持ち上げ台所に入り、洗い、それから水で自分の顔を洗った。「私すするのがへたでね、うどんでもラーメンでも、食べたら顔につゆが跳ねて痒くなるから洗うの。のぶくんは大丈夫？」「あ、大丈夫す」「本当？　みんなそう言うんだよね、どうやったら顔に汁が飛ばないで食べられるんだろう？」そしてふきんを持ってきて食卓を拭いて、じゃあ、まあ、勉強しようかと言っていつもの、窓に背を向ける位置に座った。

今日は勉強に身は入らなかった。どうしてもトンボを見てしまう。僕が見ているのに気づくとホナミさんも体をねじってそちらを向く。トンボは同じ場所にいる。羽化したてのトンボがどれくらいで飛んでいくのが普通なのかわからないが、あの翅を思うと時間が経てば済む問題ではないように思われる。数学、休憩、英語、ホナミさんはごく短い間だがアメリカにホームステイしたことがあると僕の母親は言っていたがホナミさんは否定した。「旅行したこともない。誰と勘違いしておられるんだろう」「おっちょこちょいなんです、うちの母親は」「母親ってみんなおっちょこちょいだよね。もともとおっちょこちょいじゃなくてもそうなっちゃうんだと思う。いろんなことがありすぎて」「育児とか？」「とか、とか、とか」僕が英文に目を落としているとホナミさんが息を飲んだ。「トンボいなくなってるよ！」竹ひごを見ると、確かにトンボがいない。茶色い抜け殻だけが残っている。僕たちは立ち上がって窓を開けた。いない。ホナミさんはつっかけで庭に出た。僕は玄関に回って靴を履いた。抜け殻はさっきより縮んで黒っぽくなり、白い糸が飛び出ている。周囲も見たがいない。「飛べたんだ！」「よかったですね」「本当……」ホナミさんはあちこちを見た。風が吹いている。隣の平屋の庭の物干しで洗濯物が揺れている。この風に乗って飛べたのだろう。翅は、途中までは正常だったからあれで十分だったのかもしれない……網戸も調べ、隣家との塀なども見て、どこにもトンボはいなかった。ホナミさんは竹ひごから抜け殻をそっと外すと「これは記念にとっとこう」部屋に戻って続きをやり宿題の相談をしていると従兄が帰ってきて「ケーキを買ってきたから食べよう」と白い箱を食卓に置いた。仕事帰りらしくスーツを着ている。「ケーキだって！」ホナミさんが嬉しそうに笑った。「記念ケーキだね」従兄は訝《いぶか》しげに「なに記念？」「トンボの羽化。さっき、ついさっき羽化したの」「ほー」と従兄は言うと着替えるのか部屋を出て行きしな、俺も見たかったなーと棒読みのように言った。ホナミさんはそれが聞こえていなかったのかなにも答えず笑顔のまま台所に入るとお湯を沸かし始めた。

自転車に乗って帰った。結果的にいつもより授業スタートが早かったので帰るのも早かった。ついこの前まで自転車に乗っていると汗だらけになっていた。いまは風が気持ち良い。行きとは違うゆったりした速度で漕いだ。帰宅し、自転車を降り、前かごからリュックサックを取り出すと、黒い布地の表面が小さく光った。トンボがひしゃげて潰れてくっついていた。翅は胴体から外れ布地に張りつき、黄色い胴体はねじ曲がり、黄色と緑の筋が曖昧に崩れている。細い脚は繊維にめりこんで砕けている。僕はそっと、最も丈夫そうな背中のところをつまんだ。翅のねじれた部分はもうなかった。布地から剝がすと意外なほど抵抗があった。胴体だけが取れ、頭は布地にくっついたままだった。噛んでいた。目はまだ光っていた。薄い透明な翅が布地の凹凸をかすかに拡大して見せていた。

翌週従兄の家へ行くと、猿の絵の隣に小さい額縁が増えていた。絵ではない。写真でもない。近寄ってみると、厚みのある黒い枠の中にトンボの抜け殻がピンで固定してあった。左側にくしゅっと曲がっている。「標本を飾る用のやつを買ったの」授業中、抜け殻の上を丸い光が揺れて覆った。ヤゴのケースは片づけられていた。「あとは、メダカの冬越しが問題だね」僕は頷いた。三年生になるとき、ホナミさんが妊娠したという理由で家庭教師は終わりになった。

僕は母親の言うまま塾に入り高校受験勉強をした。母親が、やっぱり素人の家庭教師だと成績がそんなに上がらなかったと誰かに電話で言っているのが聞こえた。いくら身内でも結果が出なくちゃね、やっぱりプロよ……ホナミさんの出産が済み、お祝いを渡すという母親に連れて行かれた従兄の家には猿の絵も抜け殻の標本もメダカの鉢もどれもなくなっていた。庭には物干し竿が置かれ、たくさんのタオルや肌着が干してあった。風が吹いたのか急いでやったためなのか、洗濯物は重なり合ったりめくれたりしていた。ホナミさんは僕に赤ん坊を見せながら「受験まで面倒見てあげられなくてごめんね」と言った。僕はいまでもあのトンボの三角形の頭を持っている。目はまだ澄んでいて、覗くと奥のほうで光が反射しているのが見える。

心臓

創立記念日で小学校が休みの日、犬が一匹脇腹から血を流しながら川原を疾走していた。上流から下流に向けて、犬は汚れていたが白くて、だからその赤い血の色は土手上の道を歩いていた宏とエイジにもよく見えた。二人はどちらからともなく追いかけ始めた。宏は最初ためらいがちに、エイジはすぐさま自分の最高速度で、川はさして大きくも深くもないが、近隣の子供らは、とりわけ低学年の間は子供だけで近づいてはいけないとされている。山から流れこむ水と生活排水とが混ざり合い部分的に澄んで、部分的によどんでいる。犬はとても速かった。小学生の足では到底太刀打ちできない、エイジは学年で一、二を争うほど足が速かったがそれでも無理だ。エイジが突然「たっ」と言うと土手の斜面を駆けおり始めた。草が生え、ゴミも投げ捨てられているようなそこそこの傾斜、エイジはほとんど滑り落ちるような格好で、宏は「大丈夫かっ」と叫びつつ土手上の道を走り続けた。二人は幼稚園からのつき合いだった。幼馴染みという言葉は多分大人が使うもので、だから彼ら自身はお互いを幼馴染みだとは思っていなかった。小学校では同じクラスになったりならなかったりしていまは同じ五年四組だ。エイジは急斜面をなんとか転がることなく駆けおり川原に降り立ってまた「たっ」と叫んで今度はぐいぐい走り出した。砂地に石が転がる川原にもまたガラス片や古雑誌のページなどが散乱し、腐った軍手、空気の抜けたボールその他なんだかわからないゴミ、犬の尻は遠ざかっているが見えないほどではない。二人は土手の上と下を走った。ちょっとアニメのいいシーンみたいだなと宏は思った。オープニングで流れるやつ、でも、最近宏にはアニメを見る時間はないしそんな気力もないし見たいのかどうかもわからない、だいたい子供向けアニメが放映されている時間は塾で家にいない。走っていると耳がキンと冷えていく感じがした。エイジは速い。土手を降りた分の時間があったのに、足場が悪いのに、もう宏より全然先を走っている。

犬にはリードも首輪もついていなかった。犬の速度は徐々に落ちていき、ときおりがくんと横に倒れかけ持ち直しているのが宏からはよく見えた。弱っている。エイジの息も上がりつつあった。幼稚園のころサッカー教室に通い、コーチからぜひこのまま続けて小学生チームに入ってくださいと言われていたのに母親が別の保護者との間に諍《いさか》いを起こしてしまい結果小学校入学を機にその習い事は打ち切られた。エイジはいまでもときどき、練習場になっている夜のグラウンドに電気がついてその光の中でボールを蹴っている子供たちを見ると悲しくなった。犬と子供の間の距離は縮みつつあった。巻いた尾が激しく揺れる、スピードが落ちた犬がさらに速度を落としたかと思うと突如、ぐっと体勢を低くしながらUターンしこちらを向いた。下流から上流へ、エイジに向かって走ってくる。宏はぎょっとして止まった。「エイジ！」声を出そうとしたが息が上がっていて、そして声変わり中で喉がいつも常になにかかすれこすれていて、だからそれはただの荒い息だった。エイジも犬が向きを変えたのに気づいた。追いかけていたものが突然こちらに向かってくる、エイジもとっさに向きを変えようとしたが、激しく前後に振っていた腕がぐわんとよじれ変な方向に伸びきり足ももつれ倒れこみかけたのをなんとかこらえ地面に膝と手をついた。手のひらが大小の石や砂粒できしんで傷んだ。猛然と近づいてくる犬の眉間《みけん》が憎しみのように盛りあがり歪んでいるのが見えた。よだれが垂れ落ち、ところどころぬかるんだ不安定な地面も傷も物ともしないしなやかな前脚後脚、エイジが思わず目をつむったとたん、宏が手で口を覆ったとたん、犬はエイジの脇をすり抜け走り去った。宏は息を呑みすでに上がっていた呼吸が途切れ喉が鳴った。宏には犬がエイジとすれ違ったのではなくエイジの中を通り抜けたように見えた。幽霊とかホログラムとか、そういう実体のない存在を硬いしっかり生きているなにかが一瞬一体化したのちに通り抜けてしまうやつ、あの犬はどうしたいのだろう、もう錯乱してるんじゃないか。エイジは、「くそ!」と言って勢いよく立ちあがり宏を見ようとしたが視線が上に行きすぎ空になった。青い。いい天気だ。雲がない。カラスが飛んでいる。宏は突然空を見あげだしたエイジになにか言いたかったが土手と川原の高低差を超え彼に届くような声をいま自分が出せるとは思わなかった。まだ息をするので精一杯だった。鋭いススキ系の葉、赤みがかった三角形の葉、空腹時に齧《かじ》ったこともあるすかんぽ、誰かが植えたのか自然に生えているのかいくつかの群生を作っている葉も花も紫ピンクの園芸カタバミ、潰れて錆びたコーラの空き缶に取り囲まれて空を見ているエイジ、口が少し開いて、顔の大きさの割に大きくて平らな耳が赤くて、その猿に似た小さい顔がぱっと宏の視線をとらえ「おーい、宏、宏！」宏のようにかすれたりもしていないきんきん声だった。息も上がっていなさそうだ。宏は片手をあげそれに応えた。「宏、犬、見えるかーっ？」宏は犬が走り去った方を見た。とっくに見えなくなっているだろうと思ったのに、少し行ったあたり、川が緩やかに湾曲しちょうど歩行者用の小さい橋がかかっている先に犬が倒れこんでいるのが見えた。川の曲がりと橋桁で、多分エイジの位置からは見えない。犬、川に！　死んでる！と叫ぼうとしてまだ喉がひゅうっと引き攣れ、宏はえずきかけながらただ指差した。あっち！あっち！　エイジは「だっ」と声を出すと宏が示している方に向かって走った。犬が見えているのかいないのか、回復早えなと宏は思った。さっきまであれだけ走っていたのにもうまた走れるのか、やはり自分とは違う、エイジが走っているところはなんというか、いつも、本当に、そうださっきの犬みたいに自然で強いのだ。背も体格も小さいのに大きく見える。宏はゆっくり歩き始めた。

犬が倒れこんでいるのは黒い水たまりだった。細い筋で川と繋がってはいるがほとんど流れのない水、薄い油膜が犬の周囲に虹色に光っているのが土手上から見えた。犬は動かない。水が白い毛に怪我に染みる感覚を想像して宏はぶるっと震えた。夏休み、塾の休日講習で午前中ずっとクーラーの効いた教室で勉強させられていたとき、通路を挟んで斜め前に座っていた一人の女子生徒がぶるぶる震え、見れば彼女の椅子の下には薄黄色い水たまりができていた。多分宏がクラス中でそれに最初に気がついた。それなりのスピードで進行する進学塾の授業中に挙手してトイレへ行くのは多くの児童にとってほぼ不可能で、といって休憩時間のトイレは混み合っていて、生徒がそうやって漏らすことがたまにあった、レモンジュース、というのが塾での失禁の隠語だった。女子生徒は体はぶるぶる震えているのに顔をつんとあげ講師がマーカーを振るうホワイトボードを凝視して、あたかも体と頭が別々の生き物になってしまっているかのようで、そのとき宏も確かに自分の背中が凍えるほど寒く冷たくもしかしたらレモンジュースになっていたのは自分だったかもしれないのだと思った。宏は土手を降り始めた。土手の、ちょうど橋の脇のところに簡易な階段があった。土手の土に石がいくつか埋めこんであって、それを足がかりにすると多少登り降りしやすい。最後の石からずざっ、と音を立てて川原に飛び降りるとそれだけで靴の底からさまざまな凹凸が感じられて少し痛かった。宏はエイジに近づいた。エイジは立って犬を見おろしていた。

犬は動いていないように見えたが、そばに寄ると呼吸によって胸の皮膚が上下しているのが見えた。かすかな痙攣にも見える、傷は見えない、血が出ている側を下に向けている。顔は横向きになり、鼻先はたまたまか意図的にか水から出ている。耳の穴から透明な毛が何本も飛び出てさらに奥には茶色い汚れのようなものがこびりついていた。垢にも血にも泥にも見えた。犬は目を閉じていたが少し隙間があいていた。エイジは近づいてきた宏を見返り「生きてる！」

と叫んだ。宏はまたぶるんと震えて、「よかった」と答えた。じゃあ、どうする……と言いかけた宏は、エイジが薄い灰色のトレーナーの袖をまくりあげ自らの両腕を水に差し入れ犬を持ちあげようとしているらしいのに気づいて「え？」と言った。「ん？」「え？　エイジ、ちょっと待て」エイジは両手をいまにも水につけそうな形に下前方に突き出しつつ「んん？」「おい、どうすんだよ」「え？」エイジの広い額から耳の上あたりに汗が垂れていた。トレーナーにはあちこちに小さい茶色や黒や赤の汚れがついており、茶色は食べこぼし、黒と赤はマーカーらしかった。「え、で、どうすんだよ」「どうすんだよって？」エイジは宏を睨んで息をはあっと吐いた。さっき二人で駄菓子屋で買って食べたスナック菓子のソースの匂いがした。さくらんぼの匂いもした。さくらんぼ餅も食べたのだ。エイジの前歯にはスナック菓子にまぶしてあった青海苔がくっついていた。宏は自分の口元をごしごしこすった。父親にからかい気味に宏くんにももうシェーバーがいるかぁ？　いらねえよ、いらねえよ、エイジは憤然と「犬、怪我してんだろっ」「じゃあ、どうするんだよ、どこ連れてくんだよ」「俺知ってんだよ、あそこ……あるじゃん、末永んちの奥のとこにさ。動物病院」「動物病院？　知らねえよ」「末永んちはわかる？」「知らない」「なんでだよ！　もー、宏が知らんでも、あんだよ、末永んちと動物病院。ポポロンはあそこで手術したんだ。あ、ポポロン、犬な、末永んちの」「なんの手術？」「知らん。盲腸かなんかだろ」上の方でギーギー耳障りな音がした。土手上を誰かが手入れのできていない自転車で通るらしかった。エイジがパッと顔を上げ「あっ」と叫んだ。「おーい！　おーい！　タシロのおっちゃーん！」自転車の主はジャージのズボンにTシャツを着てサンダル履きの中年男性だった。ハンドルを片手で持ち、反対の手をだらりと垂らしている。自転車の音がうるさすぎてエイジの声が聞こえなかったらしく、無言で行きすぎようとするのをエイジはわーっと叫びながら土手を駆けあがり「おっちゃん！」男性はぎょっとした顔でブレーキをかけた。ギィィーッとさらに耐え難い音がして宏は思わず顔を伏せた。犬がびくりと動いた気がした。流れがないはずの水に小さいさざなみが立って虹色の油膜ごと揺れていた。拍動、もしかしたらこの油膜は犬から出ている脂だろうか？　「なんだ、エイジかァ！」エイジの顔見知りらしいおっさんは、宏の母親ならばまず話しかけられても無視するのよと言うだろう風体で、そもそもどうして平日昼日中に自転車を漕いでいるのだろう。エイジは甲高い声でおっさんに説明している。「犬ゥ？」おっさんは不審そうな声を出した。伸びのあるいい声だった。「どこにィ？」おっさんには犬が見えないらしい。「あそこ！」エイジが上から指差した。宏もここです、という風に水たまりの脇に立って指差して見せた。「あれ、もう一人いンの」「あれ、宏、宏」「エイジの連れかァ」「ツレ、ツレ。俺のツレ」エイジはふんふん頷いた。ツレ、というのは宏には大人びた言い方に聞こえた。おっさんはようよう水から見えている白い塊が犬だとわかったらしく、「のわっ、結構でけェ」よいしょっと自転車のスタンドを立てた。赤茶色のサンダルの中には白い靴下をはいていた。「野良犬ゥ？」「首輪はしてなかった。おっちゃん、助けてやろうぜ！」「んんー」おっさんは土手の石階段を使って川原に降りてきた。見あげていたときの印象より不潔な感じがしなかった。Tシャツも首こそややだらんと伸びているが真っ白だ。ジャージはこの学区の公立中学校指定の濃紺ジャージで、右ポケットの上に『真田』と刺繍してあった。おっさんは不審そうに水たまりをのぞきこむと「生きてんのかァ?」「生きてる生きてる。あ、宏、これ、タシロのおっちゃん」「タシロの……」「お、本当だ、息してんなーァ」宏は誰だよこの人タシロのおっちゃんだけじゃわかんねえよとエイジに言いたかったがためらわれたので目で尋ねようとしたがエイジはおっさんと犬とを交互に見ていて宏を見ない。「動物病院があるんだよ、あるだろ、おっちゃん知ってるだろ」「動物病院ン?」「ほらー、末永んちのさあ、裏ってーか角ってーか」「ああ、あそこかァ」おっさんは頷いた。「ポポロン手術したとこかァ」「そ! なんでみんなすぐわかんねーの? なあ、ポポロンって盲腸?」「はァ? 犬に盲腸、あんの」「知らねー」「あるかァ。んで? 動物病院連れてってェ?」「怪我治してもらう」「で?」「で?」「どうすんの犬。飼うんかァ?」「あー?」エイジはぽかんと口を開けた。おっさんはジャージの両脚を少し広げて立つと両手でポケットを内側からぐいぐいし、それに合わせて真田という白い刺繍の文字がびよびよした。刺繍のところはあまり伸縮性がないので、周辺の布地だけが伸び縮みしようとして、そのせいで真田の、字と字の間と、田、を構成する四つの四角が膨らんだり引っこんだりして見える。タシロのおっちゃん、じゃあ、真田って誰だよ?

おっさんはひょいとしゃがみこんで手を伸ばし犬に触れた。「つめてっ」「うおー、な、な、かわいそうだろ。動物病院行こうぜ」「でもなァ」おっさんは宏を見ると「お前の犬でも、ねんだよなァ?」「あ、はい」「だからー、俺も宏も全然知らない犬なんだって! 怪我して逃げてっからさー。俺らめっちゃ走ってさー! なー!」「怪我どこだ、脚?」「胴体の、うらっかわなんだよ。この下になってっとこ、血!」「んー、動物病院連れてったって、だからァ、そっからどうすんだよつってんの」「だから治してもらってさー」「治ったら、そんで、どうすんだよっつってんの! バカかお前んち飼えねえだろがァ」エイジはまたうおー、と言いながら頭を両手で抱えた。「お前んちはァ?」おっさんは宏を見た。「無理です」犬を飼うなんて母親が許可するとは思えない。受験がこれからってときになに考えてるのと多分言われる。弟が誕生日にプレイステーションを欲しがったときも、お兄ちゃんがかわいそうでしょと言って断られていた。「おれのじゅけんじゃないもんー」「そんな新しいゲーム機であんた遊んでたらお兄ちゃん集中できないでしょう。カセットなにか新しいの買ってあげるから」「えー、でもー」「お兄ちゃんが合格したら二人にご褒美に買ってあげるから」「え……」「まあ、でも、かわいそうだなァ」「おっちゃん飼えよ!」「無理だよ。赤ん坊いるもん」「あーそうかーマリ元気?」「げんきげんき」おっさんの家に赤ん坊がいる、すなわちこの頼りなげなジャージ姿のおっさんには妻子がいる、ということに宏はやや驚いた。おっさんは「とりあえず動物病院に聞いてみてやるよ」と言うと立ちあがり体を曲げて土手の階段石を手でつかみつつ登っていった。「いまから病院、チャリで行くのかー?」「そこで電話する」おっさんは川の反対岸にあるコンビニエンスストアを親指で示し歩行者用の細い橋を渡り出した。コンビニの入り口脇には公衆電話がある。エイジは頼んだぜーと叫んで犬の脇にしゃがみこんだ。宏もしゃがんだ。エイジは心配そうに犬の背に手を伸ばし柔らかく撫でた。赤い手のひらと白い毛皮の間で水がぴちゃっと小さく鳴った。「まだ生きてる?」「まだ生きてる」宏もそっと犬の背に触れた。犬の毛皮には水が染みこみ確かに冷え切っていた。宏は水にもちょっと触れてみた。意外と温かい日向水の温度で、それが、どうして犬の短い毛に吸いあげられるとこんなに冷えるのか、これが気化熱か、「お前んち、犬、やっぱ無理?」「は?」宏はエイジの顔を見返した。エイジは真顔だった。エイジは声変わり前なのに妙に喉仏が大きい。痩せているから余計に目立つのかもしれない。「は、無理。無理。無理だよ」「でもさー!」喉仏が目立つようになるのは第二次性徴の印なのにどうして俺より喉仏が大きいエイジの声変わりがまだでほとんど存在すらわからない喉仏の俺の方が声変わりするんだろうと宏は思った。「……エイジんちは」「うちだめだよ。ばあちゃんも母ちゃんもマルミツも動物大嫌いだもん」「あー」「狭いし」「んー」「庭もねーし」宏は頭ごなしに無理だと決めつけず犬を飼うことができるかどうか考えてみようと思った。母親も父親も、特別犬が嫌いという話を聞いたことはない、好きでもなさそうだが、でも、親戚の家のマルチーズをかわいいと言っていたことは確かあった、健人は多分なにも考えずに喜ぶ、しかし、素性のわからない犬、怪我をして逃げていた犬……犬がぶるっと大きく震えた。前脚と後脚がガクンと動き口が半開きになり呼吸が水と混じってごぶっと鳴った。アッと叫んでエイジは即座に両手を水に突き入れ犬を抱えあげようとした。その脳裏にさっきの獰猛な顔つきが突然よぎり緊張したが、犬はぐったりとしていてなにか攻撃を仕掛けようとはしなかった。おい、と宏が言いかけたがエイジはためらわずそのまま犬を抱きかかえ立ちあがった。水が犬と一緒に持ちあがり垂れてエイジを濡らした。しぶきが数滴、宏の顔にかかった。いままで下側になっていて見えなかった傷が表というか外側にきた。傷は意外なくらい小さい。水に流れたのか血の色も薄い。切れこみのような、突き傷のような、犬は重たかった。持ちあげられる意思も、それを拒む意思も持たない動物は重たいとエイジは初めて知った。エイジはよろめきつつ腕に力をこめた。腰を前に出して犬を支える、エイジの細い腕に見慣れぬ筋肉が膨らんで見え、青い血管が日に当たって緑色に光った。

「あっ、お前らーァ！」上の方からおっさんの声がした。「いま電話してもらってっからァ」「してもらってるっ?!」エイジが噛みつくように聞き返した。「とりあえず、でも、連れてってみようぜェ……エイジお前なに抱っこしてんだよォ」「いや、急に震えたから」「やばそう？」「わかんねー！」「とりあえずこっち、上がって……無理かァ？」エイジは「ホッ！」と一声叫ぶと、土手を重たげな冷たい水の滴る犬を抱えたまま駆けあがった。足を石に引っ掛けるときも一切下を見ず（見ようとしても犬が邪魔で見えなかっただろうが）一気に、宏はエイジがよろめいたりこけたりしないか心配だったが全くそんな感じはなかった。宏も登った。エイジの薄い灰色のトレーナーに水が染みて色が濃くなっている。内側のランニングシャツの形が透けて、曲げた肘を伝って水がぼたぼた垂れている。「電話してもらってるってなんだよ⁈」「あァ？」おっさんが眉毛をびくんと上げた。エイジは唾を飛ばし「したんじゃないのかよ、おっさんが電話！　ウォッ」犬がずれた。エイジは全身を伸縮させるようにして犬を抱えなおした。犬の頭ががっくり下がって、口が少しだけ開き白黄色い歯が見えている。犬歯だ。傷の周りに薄く血が滲み始めている。「バカ、電話番号わかんねェから、とりあえず家にかけて、んで、なっちゃんに電話帳見て電話しとけっつったんだろがァ」「あー？」おっさんはチョッと軽く舌を鳴らすと宏に「悪いんだけどさァ、俺のチャリ押してってくれる？」「あ、はあ」「乗ってもいいけど」「いや、押します」「あんがと」おっさんはエイジに寄り添うと、犬の後脚つけ根とエイジのトレーナーの間にぐいっと腕を差し入れた。「ぎゃっ」「いいからこっち側持つから。重いだろォ？　犬は重いんだよ……猫は軽いんだけどよォ、猫は半分は空気でできてっからさァ」「猫は半分は空気？」「調子いいとき、猫ちょっと浮いてっからなァ、今度よく見てみろ。よし、じゃあこれでいこうやァ」おっさんが下半身というか後半身、エイジが前半身を抱いて、二人三脚のように寄り添って二人は歩き出した。宏は車輪下のスタンドを蹴って外そうとしたが錆びついているのか異様に重くてうまくいかない。何度か蹴るたびに大きな音がした。どうも、自転車全体が歪んでいて、それで力をかける方向を工夫しないとスタンドが外れないらしい。角度を変えつつ何度も蹴り、ようやっとスタンドが外れ、両手でハンドルを持って追いかけだしたときはもう二人で一人のような背中は遠ざかり、しかも土手から外れる細い曲がり角を曲がって姿を消そうとしていた。あわてて走ったが、人の、それも錆びた古い手入れのなってない自転車は宏の手に余り、空回りしたペダルが宏のふくらはぎをガリッとこすった。宏は自転車に飛び乗ってペダルを漕いだ。ギーッ！　ギーッ！　エイジがその音に振り向いたのがチラッと見えたがおっさんが足を止めなかったので二人三脚に引っ張られるようにしてエイジはそのまま路地に消えた。宏はうるせー、うるせー！　と頭の中で叫びながら二人を追った。ギーッ！　ギギーッ！　うるせえよ！　路地はゆるく下っていたので宏は足を動かすのをやめ腰を浮かせた。二人が歩いた軌跡に水が垂れ筋になっていて道標《みちしるべ》だ、と思ったが二人の後ろ姿はちゃんと見えてどんどん大きくなって追いついて追い越してブレーキをかけた。ギィーッと一際高く鳴った自転車の音にエイジが「おっさん自転車直せよーまいんちうるせーよ」「まいんちィ？」「朝。うちの前通るじゃんか」「あァー」「まいんちうるせーよ。マルミツも怒ってるぞ」「ゴメンゴメン。犬まだ生きてるかァ？」「生きてるよ。心臓動いてる。わっかんねーの？」「わかんねえよォ、こっち、ケツだし」おっさんが、身長差のあるエイジとうまいこと犬を抱けるよう腰を落とし脚を広げた不自然な体勢になっているのが宏にはわかった。エイジにはわかってないんだろうなと思った。宏は二人の少し後ろを自転車を押して歩いた。「あっちが末永んちな」とエイジは突然宏に顎でしゃくった。「ポポロンいんの。ポポロンはもうジジイだよ」「ああそう」「え、あいつメスじゃねえのォ？」「ジジイだよなに言ってんだよおっちゃん。で、あっち行くとおっちゃんちで、これが動物病院。な、あっただろ」なるほど、エイジが学校へ行くとしたらその道程から一筋入った道、彼の家に遊びにきたときに宏も前を通ったことがあったかもしれない。白い漆喰塀の汚れ方を見るとかなり昔からあるのだろう。彼らが到着すると待っていたかのように動物病院の入り口が開き青っぽい白衣を着た獣医らしき男性が出てきて一行を見てうわっと言った。背が高く、顎が硬そうに四角く、分厚い大きなメガネをかけている。「うわっ、それ？　電話の怪我犬？」獣医は面白そうにも嫌そうにもあっけにとられているようにも聞こえる声で言った。「あ、ハイ！」エイジが教師にするように澄んだ声で応えた。もう彼のトレーナーもジーパンもビショビショだった。おっさんの白いTシャツもずくずくだった。黒と朱色と灰色と茶色が混ざって染みている。「あー、怪我、うんなるほどね。まあ、とりあえず、中に入ろう」「あの、自転車、鍵どうすれば」宏がおっさんに尋ねるとおっさんは「大丈夫大丈夫だいじょうぶ」と言ってエイジと犬と獣医と中に入っていってしまう。宏はそもそも自転車をどこに停めていいものかもわからずちょっと憤然としながら、病院の入り口脇の、表面に茶色い汚れの筋がいくつもついている外壁に沿わせて停めた。やはりスタンドが言うことを聞かず、何度も何度もガンガン蹴らねばならなかった。

室内は薄暗く、待合室には誰もいなかった。受付の小窓には内側からカーテンが閉められていた。宏はあのう、と口の中で言った。座面の低い布ソファが壁を背にしてぐるりと作りつけられている。宏が行く歯医者や小児科のような暇つぶしのためのコミックや雑誌などはない。鉢植えもない。壁面にポスターや手書きの張り紙が無数に貼りつけてある。診察室というプレートがついたドアと、トイレのマークのドアと、なんの印もないドア、すべてのドアは閉まっていた。エイジはどこへ行ったのだろう、待合室の壁には透明な板ガラスの窓ではなくて、なんという名前なのかわからないがガラスの立方体を重ねたものがはめこまれていた。立方体の大部分は無色だったがいくつかは薄い緑色と濃い青色をしていて、それらが不規則に積み重なり、その立方体は表面が平らではなくてやや波打って、角も鋭くなくやや丸みがかっていた。立方体の一つ一つは透明なのに向こうの景色は見えなかった。そのガラスを通した待合室の光はところどころ鈍く色づいて、無言で立ち尽くす宏の足は海の底で揺れているみたいに見えた。トイレのドアが開いてエイジとおっさんが笑いながら出てきた。「エイジ」「おうー！」エイジはへらっと笑った。手に薄い黄色いタオルを持っていた。おっさんも持っていた。犬はいなかった。「どこ行ってたんだよ」「え？　手、洗ってた」エイジは両手を広げ宏の眼前に突き出した。ぷんと、あまいミューズ石鹸の匂いがした。「タオル貸してくれた。お前も手、洗ってこいよ。ウー、服が濡れて気持ち悪りー」宏は二人が出てきた扉を開けた。小さい扉だったが奥行きは長く、個室が二つと小さい手洗い場があった。水を出し、濃いオレンジ色のミューズ石鹸を手になすりつけた。小さい真四角の鏡に自分の顔が青ざめて映った。待合室に戻ると二人とも立ったままで、おっさんはTシャツを脱いだ上半身をタオルでこすっており、エイジはトレーナーの表面をやみくもにタオルで叩いていた。「お前も脱いで、拭けー」おっさんがエイジに言った。胸は削げて平らなのに、下腹が柔らかそうに突き出ている。初めて宏はおっさんの顔や首や腕がよく焼けていることに気づいた。首元なんて、焼けているところと焼けていないところがくっきり分かれてまだTシャツを着ているみたいだ。「やだよー」「犬は？」「中、中」エイジは診察室のドアを指差した。「とりあえず診てくれるってさァ」おっさんがつけ加えた。「ちゃんとなっちゃんが電話、しといてくれたからなァ」おっさんがうーんと腰を反《そ》らせ伸びをした。突然タバコのにおいがした。宏は幼いころ喘息《ぜんそく》だった。いまもなにかの拍子に咳が出ると止まらなくなることがある。ヘビースモーカーだった母方の祖父はそれがわかるとぴったり禁煙した。宏が祖父の家に遊びにいくのは盆と正月の年に二回だけなのに。「なんで他に人がいないんだろう」「流行ってないんだろォ」おっさんは体を左右にも曲げ拳で腰をとんとん叩いた。「うわっ、くせっ」エイジが突然叫ぶと宏の鼻先に再び手を突き出した。「俺の手、くせっ」「なんっ」「くせー、犬くせー」爪の先に黒いものが詰まっているエイジの手のひらに鼻の先端が当たった。さっきも感じたあまいミューズの奥に、犬のらしい脂のにおいが確かに感じられ宏もくせーと言って笑った。フィラリア、ジフテリア、狂犬病、ノミとり、ワクチン、ポスターにはどれも犬か猫のイラストがついていた。アニメっぽかったり、漫画っぽかったり、外国っぽい感じのものもあった。『責任を持って最後まで飼いましょう　ペットは家族です』という張り紙は半紙に墨で黒々書かれていた。『家きん往診いたします』というのもあった。病院の入り口が開いて、ふくよかな長めのおかっぱ頭の若い女の人が入ってきた。「なっちゃーん」おっさんは嬉しそうに手を振った。「もうっ急に電話してくるから……その、怪我した犬は?」「いま診察中」「わっ、エイジくんビショビショ!」「犬が濡れててさーァ、俺もびしょびしょんなったから脱いだ、着替え頼めばよかったなァ」「ちょっと待ってて、いまから持ってくるから!」「悪いねェー。マリは?」「いまおかあさんきてもらって頼んでる、寝てる……じゃあ、自転車使うよ」女の人はぱたぱたとまた出ていった。おっさんと比べると若すぎて奥さんには見えなかった。妹にも見えない、なににも見えない。ギーッというあの自転車の音が外からかすかに聞こえた。おっさんはボフンとソファに座った。「エイジは座るなよ、ケツまで濡れてっからァ」「んー。おっちゃん。マリいくつんなった?」おっさんは日に焼けて節の立った指を三本立てた。「三ヶ月」「小さい?」「小さいぞォ」「どんくらい?」「こンくらい」おっさんは両手を胸の前で広げた。最初は三十センチくらい、それを伸ばしたり縮めたりして首をひねった。「こんくらいかなァ」「まだ禿げてる?」「そうだなァ、まだまだ禿げだなァ」「ふーん」エイジはおっさんの家の状況を割によく知っているらしい。宏は自分の近隣住人の家に赤ん坊がいるかどうかとかそういうことは全然知らない。泣き声が聞こえるのかもしれないな、と思った。エイジの家は家と家が混み合ったあたりにあるから、どこかで赤ん坊が高く泣けばそれはきっと聞こえてしまうのだろう。おっさんはうんと上を向いて伸びをした。おっさんの喉仏もそんなに大きくない。顎の下にぽつぽつとヒゲが見えた。おっさんは伸びのけぞりのまま目を閉じた。会話がしばらく途切れた。エイジは立って口の中でぶつぶつ言っている。宏は受付の上の時計を見てため息をついた。まだ時間はあるがそんなにたくさんはない。四時半までには家に帰って、パンかおにぎりかなにか軽く食べて塾の準備をしないといけない。塾までは母親が車で送ってくれる。「宏、座れよー！」「え？」「お前のケツは濡れてねーんだから座っていいんだよ」「んー、まあ」「座れってー」「なァなァ、おまえら二人とも小五ォ？」「うん」「小五かァー」なにか続きがあるのかと思って二人は待ったが、おっさんはなにも言わなかった。

ギーッギ、ギーッ、ガシャン！　ドアが開いて女の人が入ってきた。手にミスタードーナツの大きな紙袋を持っている。紙袋の真ん中でポニーテールの女の子が楕円形の目でこちらを見て微笑んでいる。「ほら、着替え！」女の人はまずおっさんに白いTシャツを渡し、残りを紙袋ごとエイジに渡すと「一式入ってるから、トイレで着替えておいで」と言った。「えっ」「タオルも入ってる。パンツ新品だから」「パンツッ」「だってそれ、パンツまで濡れてるでしょ。パンツはあげるから。サイズ違うと思うけどごめんね」「俺のパンツじゃでかすぎだろォ。ヒャヒャッ」「しょうがないでしょ。ズボンはいて紐ぎゅってしたら大丈夫だよ。ほら、着替えといでって」「え、えー……」エイジは困ったように紙袋の中をのぞいて、おっさんと宏を見た。宏は頷いた。おっさんはさっさと真っ白いTシャツを被ると「快適快適ィー」と歌った。「えー、あー」「いいからいいから。着といでってば」エイジはさらに目を左右にきょときょとした。「早く着てこい！」「うー」エイジは唸《うな》りながらトイレに入っていった。女の人はおっさんの隣に腰掛けると「電話帳探すより走ってきた方が速かったねー……ねえ、座ったら？」

「あ……」ガタ、と診察室のドアが開き、さっきの獣医が出てきた。獣医は女の人に目を留めると「あ、お電話くださった方?」「あ、はい私です。すいません突然わけわかんないこと言って。私も、わけがわからなかったので」女の人は立ちあがるとぺこんと頭を下げた。「犬、大丈夫すかァ?」「大丈夫です……あれ、もう一人男の子いませんでした?」「いま着替え中です」「ああそう。そうね、汚い水で汚れただろうし、消毒とかもしといたほうがいいでしょうね……ああ、で、犬は、だから、おそらく大丈夫だけども」大きなメガネの奥の目がとても細かった。お兄さんのようにもおじさんのようにも見えた。いや、顔は若く見えるのだが髪にたくさん白髪があって、そこだけ見たらおじいさんみたいだ。「傷自体はそこまで大きくないし、深さもさほど。幸い内臓にも傷はなさそうでした。菌が入って化膿などしないように処置しました。いまは寝てます。起きて食欲とかあるようならあとはほっといても大丈夫なくらい、治療的には。なんだけど……」宏はトイレを見た。手間取っているのかエイジはまだ出てこない。コトリとも音がしない。女の人が持ってきた新品のパンツをはくのをためらっているのかもしれないと宏は思った。自分も、もし同じ状況ならきっと恥ずかしいしなんだか嫌だ。というか多分絶対嫌だ。「あの傷は人間?」おっさんが静かな低い声で言った。いままでの声と違って聞こえた。おっさんはにやにやしていた。足を大きく広げて座り、手をポケットに突っこんでぐいぐい引っ張っている。その様子は間抜けに見えてもおかしくないのになんだか宏は怖かった。紺色のジャージの太ももに一筋水が垂れた跡が真っ黒く残って、それがまるで血のように見えた。「細い刃物で突いたような傷でした。自然の傷とは思いにくいですね」「ひっどい」女の人が口に手を当てた。「本当にひっどい」「面白半分にいたずらしたみたいなことだと思いますけどね、しかしこの犬は野良なのかな、僕は見たことがないけど……雑種、成犬ですけどまだ若いし栄養状態もものすごく悪いわけではありません。飼い犬なら誰か飼い主が探しているわけだろうけど」「どうなるんですか、この犬はこれから」医師はにっこり笑って宏に頷いた。「今日は入院してけばいいよ、傷の消毒もあるし、かなり弱ってるし、いまはケージも空いてるし」「その先は？」おっさんが静かに言った。獣医は肩をすくめた。「そうですね、迷い犬で飼い主が現れればね……とはいえ、飼い主がこの犬を刺した可能性だってある」女の人がひゅっと息を吸いこんだ。「いるんですよ。ペットは自分の持ち物だからって、おかしなことをする人も。人間と同じで、過度なしつけや過度のあまやかしで病気にする人もいるし、無理な交配、端的にいじめる人もいる……」トイレのドアが開いて、中から、胸に英語が書いてあるTシャツにジャージ姿のエイジが出てきた。ジャージはあずき色で、太すぎるのを紐でぎゅっと縛って留めてあるらしく腰回りが膨らんでシワが寄っていた。Tシャツも幅はかなり大きくしかし丈がそれにしては短めで、小柄なエイジは全体的に幼くなって見えた。恥ずかしそうにへらへら笑っている。曲げた右手に、黒く濡れたジーパンと灰色のトレーナーを引っ掛けている。「着れた？　よかった」女の人が顔を瞬時にほころばせた。「脱いだもの紙袋に入れなね」「お、あのTシャツなっちゃんのじゃんかァ」おっさんも楽しげな声で言った。「なんか懐かしィなア」「そう、ちょうどきれいで男の子でも着れそうなのがあれしかなくて……私太ってるから大きいよね、ごめん……でも全然、変じゃないよ」「うー」「似合う似合う」「ウー」エイジは唸りながら紙袋に濡れて汚れた衣類を丸めて突っこんだ。ポニーテールの女の子の額に内側から水気が染みて色が変わってあざのように見えた。「とにかく警察にも言ってみますけれども、刺されたのが犬でよかったなんてことになっちゃいけないし。いや、犬でも人間と同じだけ、ひどいんですけどね」「本っ当！」女の人は頷いた。エイジもひでーと言ってちょっと地団駄を踏むように飛び跳ねた。ゆるい布地の中で小さい肩と細い腕の形がくっきり見え、薄黒く窪んだヘソも見えた。「ひでーひでー」獣医は跳躍を制するように手をエイジの頭に載せ軽く撫でた。その手からもオレンジ色のミューズの匂いがしたことがなぜか宏にわかった。「で、まあ、迷い犬の線で当たってみて反応がないならという話をしましょう」獣医がエイジの頭に載せた手をパッと離して声の調子を変えた。女の人がはいっと答えた。おっさんは下唇を持ちあげて上唇を覆うような変な顔をした。「相当遠くからきたのかもしれないし、首輪もなにもない。多分すぐに回復する、もともと健康そうな犬だしね。でも誰も飼い主じゃないとなれば、元が野良なら、またそのへんに放せばいいっていうわけにはいきませんせん」待合室がしーんとした。いままで聞こえていなかったこぽこぽいう水音が聞こえた。「今回の治療費はお支払いいただけるとは電話で聞いてますけども」獣医さんが女の人を見た。女の人ははいと言った。「えっ、えっ」エイジがおっさんを見た。おっさんはジャージのポケットをばふばふさせつつ上唇を覆っていた下唇をきゅぽっと外し「いいよ。俺払うから」「しょうがないよ」と女の人も言った。「そんなひどい怪我じゃないンなら、そこまで高くなさそうだしなァ?」「そうですね。手術したわけでもないですからね。入院費は多少おまけしましょう」「ありがとう」エイジがまず獣医、おっちゃん、女の人の順で頭を下げた。シャツが持ちあがって骨の浮いた背中が少し見えた。宏も慌てて下げた。「おっちゃん、俺、出世払いするから!」「いらんこと言うなよ。利子つくぞォ」「ということで、せっかく治療してお支払いもしていただいた犬を保健所に連れていくっていうのは医者としてはなんだかね、という話です」保健所、という単語に宏はびくりとした。「あのー、里親募集とかは?」女の人が言った。「犬によりますね。ただ、子犬でもない、まああえて言いますが雑種の、こういう素性のわからない犬を引き取りたいっていう家庭は多くないですよ。体力がありそうだからちゃんと愛情を持ってしつけて管理しないと危ないです。逃げ癖のある犬とかもいるからね。こいつがそうかどうかはわかりませんけど、花火とかサイレンとかで大きな音がするたんびに首輪外して脱走するっていう犬、患者さんにいたけどね。最後は結局運動会の煙火でどっかに走っていっちゃって見つかんなくて飼い主さん泣いてました。僕は散々、この犬は家の中で飼えって忠告してたんだけど」「うーん」女の人はおっさんを見た。おっさんはまた口を下唇で覆ってゴンスケ顔を作ってそっぽを向いていた。「ごめんね」女の人はエイジに向き直った。「うちは無理なの……赤ちゃんも、いるし」「わかってる」エイジはプツンと吐き出すように答えた。「知ってる」「んー」エイジは汚れた運動靴を反対の足で踏んだ。右足で左足を踏み、今度は左足で右足を踏んだ。もともと汚れていた運動靴がもっと黒く汚れていった。靴洗ってないのかよと宏は思った。洗えよ。洗ってもらえよ。こぽこぽこぽ、しゃっと軽い音がして、受付のカーテンが開いた。中から女の人の白い腕が伸びてきて、受付の小窓の脇に小さい四角い水槽を置いた。水槽には丸く膨らんだ形の朱色の金魚が泳いでいた。薄いヒラヒラした尻尾がぼろぼろに裂けて水に溶けかけているように見える。獣医は受付に向かって「大丈夫そうー?」と言った。受付の中から「はい」という声が聞こえた。「寂しがるかな」「尻尾食われるよりましでしょ」「いや、デメくんが」「自分が悪いんでしょ」「俺が飼います」宏が言った。えっ、とエイジが目を丸くして宏を見た。女の人も口を開けて宏を見た。おっさんは目だけぎょろりと動かした。「君が飼うの?」獣医が優しく言った。「はい」宏は頷いた。「大丈夫なのかよっ」エイジが宏に顔を近づけて吠えるように言った。ソースの匂いがした。さくらんぼの匂いもした。唾液の匂いもした。犬の匂いもした。少しくさかった。「おまえんちっ、大丈夫なのかよっ」喉仏が軋《きし》むように上下した。広い襟ぐりから鎖骨が見えた。「いや……」宏は顔を横に向け「説得する」と答えた。「ちゃんと親御さんと相談しなきゃだめだよ」獣医はそう言うと、受付に行ってすぐ取って返し、宏の手に小さいカードをもたせた。『木原動物病院　犬・猫・鳥類・その他小動物』と書いてあった。電話番号、住所、診察日と診察時間、今日は午後休診日だ。「犬は長いつき合いになるから。お金もかかります。ちゃんと相談して、またきてね。名前は?」「あ……中村宏です」「大丈夫。すぐに保健所に連れてったりしないから」「……はい」「ねえ、犬っ、見ていいっ？」「んー、それはまたにしようか」「はいっ」エイジが叫んだ。そしてまたその場でジャンプした。宏は目をそらし、壁掛け時計を見てはっとした。もう、家へ帰って塾へ行かねばならない時間だった。

助手席に座って母親の顔をちらちら見た。母親は前を向いていた。塾は車で二十分ほどのところにあった。入塾するには相応の難度の試験に合格せねばならないためその塾へ行っているというだけで近所では一目置かれる。宏の学年では宏と、別のクラスの女子もう一人しかその塾へは通っていない。塾に着き、いつものように無言で車を降り、犬のことは言い出せない。おっさんの自転車のものだろう、宏のチノパンに一筋赤いサビらしきものがついていたことを母は見咎めどこでなにしてきたのと言った、それにすら答えていないのだ。いつものように、頑張ってね、と言って母は車を出した。塾は駅前の車通りが多い道路に面しており、長いこと停車していると他の車の邪魔になってこれから勉強するのが嫌になるような音でクラクションを鳴らされる。塾のリュックはノートにプリント集に筆記用具に自由自在というタイトルの参考書、重たい。六年生になるとこれに弁当も加わる。より長時間勉強するのだ。いま勉強しておけばこの先その分楽になると母は言っていてそう信じている風でもあったが、本当にそうだろうかと宏は思っていた。前にあった試験結果でまたクラスが変わっている。単純に成績の上下だけではクラスは決まらないと講師は言うが周囲の顔ぶれを見ればだいたいのことはわかる。溝端くんがいるということは多分ここが今回最上位クラスだ。溝端くんは成績がいいのにいつも休憩時間ふざけている。医師の息子だということで、自分も医師にならねばならないと笑いながら言っている。溝端くんは少し太っている。算数、国語、理科社会、宏は暗記科目が苦手だがやればできるから苦手だということを多分母親はわかっていない。いつかやればできる度合いと苦手さのバランスが崩れることが予想できてだから怖い。斜め前の席で溝端くんが靴を脱いで靴下も脱いでかかとを左手の指でこすっている。いつか、出席を取るとき、講師がお前を呼ぶと腹が減るなあ、味噌バターみたいだからなあ、と言って笑ったけれど片田舎の小学生たちの大半は味噌バターラーメンのことを知らなくてぽかんとした。宏は自分の指の匂いを嗅いだ。まだちょっとミューズの匂いがする。

授業が済んで外に出る。大学生のアルバイト講師が見送ってくれる。母親が車で迎えにくる。急いで乗らないとやっぱりクラクションを鳴らされる。すっかり暗くなった街は車や店の明りでなんだか別の場所のように見える。宏は手に、満点だったので花マルに加えGOOD JOB!と走り書きしてある小テストを持っている。クラスで満点は一人だけだった。溝端くんも一問逃した。織田信長の織田を小田と書いていたのだ。「もっと難しい問題正解のクセにこんなサービス問題落とすなんて、わざとかぁ、お前、味噌バター!」わざとじゃねえよ!と溝端くんは叫んだ。「お袋に怒られるわー」「オフクロて、生意気っ」たっ、車に乗りこんでシートベルトを締めると母親が発進させながら宏に静かに「いぬ」と言った。「あ？」「犬。エイジくんのお母さんからさっき、電話があって」あー……宏は重たいリュックを足の下に入れこんで背もたれを倒し目を閉じ、耳も閉じられたらいいのにと思った。「なんで勝手に飼うなんて言ったの」「エイジの母さん、なんて？」「怪我してる犬を獣医さんに連れていったんでしょ。それはいい。それはいいよ。えらいよ。宏くん優しいよ」俺じゃなくてエイジが優しい、と宏は思った。百歩譲ってエイジと俺が優しいのだ。あとおっさんも。「でも、飼うなんて……」「無理？」「無理か無理じゃないかじゃない。あのね、やろうと思えばいろんなことができるの。宏くんもわかるでしょ、四年生から塾頑張ってみて、死ぬ気で勉強したらどんな学校にだって入れる、ラ・サールだって灘中だって宏くんならいけるかもしれない、でも、死ぬ気で勉強するの大変でしょ？　ラ・サールも灘中も受かったって通えないし一人暮らしもできないでしょ？　じゃあ寮に入るとか家族で引っ越すとか、やろうと思ったらできるけど、大変でしょ？同じなの。犬を飼うことは頑張ればできるかもしれない。いやできると思うよ。むかーし、パパが子供のころは犬飼ってたこともあるって言ってたし、庭もあるし、犬小屋だって置けば置ける。散歩だって、家族で順番決めて、ご飯だってあげられる。でも、それでママは頑張らなきゃいけないことが増える。パパもそう。宏くんもそう。健人くんもそう。みんな、なにかをちょっとずつ我慢して、なにかをちょっとずつ頑張らなきゃいけなくなる。その、我慢と頑張りの割合は、ちゃんと自分で考えなきゃいけないでしょ？　みんなで話し合わなきゃいけないでしょ？　家族みんなで決めて、それで、じゃあみんなこれだけずつ頑張って、我慢しようねって納得して決めて、それからでしょ？　ママはそれを怒ってるの。それをとばして、宏くんがそういうことを外で言っちゃったことに怒ってるの。わかる？」「んー」目を閉じたまま、左手の中で、小テストをくしゃくしゃ丸めていく。汗ばんで小さくなっていく。自分が受験することを、果たして自分は話し合ったり考えたりするタイミングがあったんだろうかと思う。意向は聞かれた。自分でやるとも言った。でも、それがどういうことを含んでいるのか、これからの自分の行動をどれだけ縛るか、小学三年生の終わりに入塾テストを受けた自分は把握していただろうか？　とても良い点数ですよお母さんと言われている隣で、把握するだけの時間や説明を、与えられただろうか？　母親はふうっと息を吐くと「どんな犬？」と言った。「白い」「かわいい？」「わからん」「わかんないの」「怪我してたから」「酷いわね。川向こうの不良がやったんだろうって、エイジくんのお母さんは。怖いわね……かわいそうだと思ったの？」「んー」「宏くんは優しいね。それはママ、いいところだと思うよ、とっても」宏は目を開けて上体を起こすと、車の窓を少し開けた。「暑い？」「ちょっと」母親も開けた。風が入りこんできて宏と母親の髪の毛が揺れた。対向車や街灯の光に照らされるたびに母親の表情が見えた。宏は前を向いて、横目で母親の方を見つつ左手を伸ばし窓の細い隙間からくしゃくしゃにした小テストを捨てた。指先に強い風を感じ小テストはすぐ引っ張られて飛んでいった。母親は「頑張ってみようか、犬」と言った。「その代わり、宏くんはなによりもまず、勉強、頑張るんだよ。これは合格祝いの前払いだよ」宏はありがとうと言わねばならないと思ったが言えなかった。黙って窓を閉めると母親も閉めた。家に帰って手を開くと赤ペンの色がじっとり滲んで手のひらについていた。

宏と母親とエイジと三人で動物病院へ行った。おっさんたちもいるんじゃないかと宏は思ったがいなかった。待合室は明るく、そこに小さいケージを膝に抱えたりリードをつけた犬を床に座らせたりした人たちが座って待っていて、受付の小窓からはとてもきれいな女の人がこちらを見てニコニコ笑ってこんにちはーと言った。前のとは違う、白地に赤いまだら、黒い点々が散った出目金が小窓脇の水槽でゆらゆらしている。緑と青のガラス越しの光の色も、照明が白く明るくてほとんどわからない。前とは別の場所のようだった。母親が電話をしておいたので、受付の女性はどうぞこちらから奥へー、と歌うように言って受付の脇にある診察室ではないドアを示した。看護婦服を着たこれまたきれいな女の人が「どうぞ。こっちに」と言って三人を奥に案内した。白い部屋で、診察室と繋がっているらしくかすかに獣医の声が聞こえた。白い壁際に棚のような段があり空のケージが並んでいる。下段に置かれた四角い目の粗いケージの中で犬は眠っていた。ここに連れてきたときより白く、ふっくらして見えた。宏はエイジを見た。エイジは犬を見ていた。犬は体を丸め、傷を上にして目を閉じている。傷のところには大きな四角い絆創膏が貼ってある。鼻の真ん中あたりだけ、色が抜けたように薄い。透明なまつげが震えている。顔の脇に揃えられている足の裏の黒い肉球がささくれて奥に血の色が見えていた。看護婦は朗らかに「よく食べて、排泄《はいせつ》もしていますよ」と言った。「精神的にも落ち着いているように感じます。寄生虫などもいないようです」「あの……こういう……寿命というか、どれくらいのものなんでしょう?」「そうですねえ、まあ、十から二十年、このくらいのサイズだと十五年生きたら長生きさんですけど、もちろん一概には言えないですよね」「十五年、十五歳……」「この子は子犬じゃないですから、まあですからあと十年前後、あくまでも、目安ですけれど」エイジはじっと犬を見ていた。エイジの口の脇には牛乳だかなんだか、白く乾いたかさこそしたものがくっついている。宏は自分の唇の脇を舐めた。シェーバーじゃなくて安全カミソリで十分よと母親は言った。そもそもまだ、こんなに柔らかい毛がちょっと生えてるだけなんだし、まだ早いわよ、気にしないの、かわいいかわいいかわいい。「吠えます?」「いまのところはまったく。でも、もちろん、ご家庭に行ってからどうなるかはわかりませんよ……じゃあ、本当に、そちらでお引き取りになるんですね?」「はい」宏の母親が答えた。エイジがありがとうっと叫んだ。「神様だっ! カミサマッ」「静かにね」と看護婦は人差し指を唇に当てた。「ねえ。ねえ、宏!」エイジは宏に向き直り「俺が名前つけていい?」「えっ?」宏の母親は目を丸くした。「なにか……案があるの?」「んっ!」エイジは頷くと「ハッ! ハツっていうの」「ハツ?」「ハツっていうのは、心臓っていう意味だ!」エイジはその細くてよく日焼けしてあちこち小さい傷跡がある手を宏の胸にどんと当てた。宏はぎょっとして半歩下がったつもりだったが体は動かなかった。「ハツ。心臓……あれ、お前心臓動いてねーぞ」「エイジくん、心臓、左、左」「左かあ」エイジはもぞもぞ手を動かし宏の心臓を探そうとした。宏は今度こそ半歩下がって「やめ」と言った。「ハツか！」男の人の声がした。振り返ると獣医が青い薄いゴム手袋を外しながらこちらにやってきていた。「焼き鳥みたいだね！　でも、飼う人が名前、つけるんだよ。一番その名前を呼ぶ人が」「そうよ」看護婦も頷いた。「そうね、ハツもかわいいけど……」「ハツにします」母親の言葉を遮って宏は言った。「俺もハツでいいです」「えー？」「そうなの？」「うん。はい」獣医が素手をどっしりと宏の頭に載せた。「ハツくん。中村ハツくん」ケージの中で犬がびくりと震え、ゆっくり目を開けた。フスー、と鼻から息が出る音がした。薄いピンク色の舌が想像以上の長さでベロンと現れて鼻先を舐めた。「起きましたね」「思ったよりかわいい顔してる」「さわってもいい？」エイジが囁《ささや》いた。宏は頷いた。「いいんじゃないかな」獣医が言った。「そっとね」と看護婦は言いながらケージの前面にある引きあげ式の網を持ちあげた。エイジは手を入れた。犬はそれを目で追い、軽く尾を振った。エイジは犬の胸に手を載せた。その手が上下に動いているのがわかった。あのときよりゆっくり、規則的に、だが確かに心臓が動いているんだと宏は思った。エイジはいつの間にか泣いていて、真っ赤な顔が猿のようで、宏は自分の心臓がどこにあるのかを感じていた。

おおしめり

窓を閉めようと手をかけると満月で、大学に通うため親に借りてもらった一人暮らしの部屋は単身者向けアパートの三階、狭い道路を挟んだ目の前に大きな公園があって夜はとても静かで風通しも景色もよくて、窓のそばに別の建物があって景色どころか風も通らないような物件ばかり見ていたからすぐに気に入ってこの部屋に決めて、その分大学からは少し遠くて自転車がないとどうにもならないし雨の日特にカッパでしのげないような強い雨の日はちょっと困るけれど、大学近くの大学生ばかりが住むアパートが並んだ辺りの、右隣も左隣も上の部屋も下の部屋も道を歩いているのも居酒屋やカラオケやコンビニの店員も客も全員が同じ大学生という息苦しさがないのもいい、きれいな満月が地面にも映っていて、地面？　公園全体がまるで広い平たい浅い水鏡のようになっていてその中央にもう冗談みたいに真ん丸の満月が浮かんで揺れていやでもだって公園には池もなにもなくてただの地面で小さい花壇と砂場やブランコなどいくつか遊具がある以外はただの土の広場になっているのにそのどこにあんな豊かに滑らかに水があるんだろう雨が降ったわけでもないし降ったとしたってあんなになるはずもなくて訳がわからなくて見つめると月はふっと震えて完璧な丸が崩れて解けて微かに風が吹いたらしくてその揺れはどんどんどんどん動いて公園の端っこまで行って少し戻ってその間にも月は震えながらまた丸くなってでもどうしてそんなことにどうしてそんなことがしかもその月の下には私も映っていて私というか私の三階の四角い小さい窓が四角い小さい光になって映ってその四角い小さい光のなかに黒く影として欠けているところが私でどうしてうんと遠く高いところにある月とたかだか三階にいる私が同じ面に同じように映るのか全然わからないけれどその二つの光はとてもきれいでほかの部屋の窓はどこも電気がついていないのか映っていなくて街灯や民家の光もなくて真っ暗いなかにただ私と月だけで時折風が吹いてその度に月と私は崩れて乱れてまた戻っていつまでも窓の外を見つめ続けるその間に月はゆっくりと公園を移動して私の窓は動かなくて気がつくと私はベッドにいて窓は閉まっていて外は明るくじゃあれは夢だったのかと思いながら起き上がって窓を開けて外を見ると、はたして公園はいつも通りさっぱり乾いておじいさんたちがゲートボールをやっていて、ファインプレーが出たらしくぱちぱち小さい拍手が聞こえてそうだよね夢だ夢でもずいぶん素敵な夢だった、という話をすると私の家庭教師アルバイトの生徒である中学一年生のみさきちゃんはあー先生ディアン公園の前に住んでるんだよねーと言って懐かしそうに、うちもよく小学生のころディアン公園で遊んだなー、あの公園ディアン公園っていうの？　あーなんかねむかしね公園にインディアン遊具があったんだって、インディアン公園ってインディアン遊具？　だからむかしだから私も知らないけどインディアン遊具っていうのがあってそれでインディアン公園って呼ばれてたんだけどある朝そのインディアンの首が取れちゃったんだってぼろんってごろんってそれでディアン公園になったんだって変でしょ、インディアンの首、でもそんな遊具見たことある人いないしむかしの話らしいけどそのむかしっていつって感じだしだからうそかもしんないでもとにかくあそこディアン公園だよ門のとこになんか西第一公園とかそんなつまんないプレートついてるけどうちらみんなディアンて呼んでる、っていうかみさきちゃんあれよインディアンってあれよいまはネイティブアメリカンって言わなきゃいけないよ確か、いやだからいまじゃなくてむかしって言ってるじゃんインディアンじゃなくてディアンだし、ピピピとタイマーが鳴って休憩時間が終わりみさきちゃんは宿題わかんないとこあったけどノート見返したら完璧解けたから超褒めてーと言いながら教材を取り出したので私はえーさすがじゃーんと言いながら彼女のちょっと小さいけど丁寧な文字をのぞきこんで本当だ完璧じゃーんすごいすごいと授業をしていつも上品な服を着て丁寧にお化粧しているお母さんと小学生とは思えないくらいすらっとした手脚の妹のマナちゃんにも挨拶してみさきちゃんの家を出て帰り道はもう夜でディアン公園に立ち寄ったら誰もいなくて地面もベンチも植えてあるものも全部乾いていて見上げると昨日と同じように丸い月が出ていてそれは一日分欠けているはずだけど私の目にはやっぱり完璧に真ん丸に見える、遠い高い、地面にはなにもない、公園の周りにはいくつか街灯があるし建物からの光もあって園内も地面も真っ暗ではないしやっぱり昨日のは夢だったのだろう、月も私の部屋もここに映るわけがない、自分の部屋を見上げると暗い窓の両隣に電気がついていて右のお隣さんはかなり年上の多分同じ大学の院生で左のお隣さんは働いているらしい若い女の人で、網戸やレースカーテンの向こうで彼女らが生きて動いている気配がしてそこにいまから私も加わるんだと思って公園を出て歩き出した路上にはたくさんのミミズがいて、こういう道路の上に出てきているミミズをよく見るがなにがしたくてこうなるのか、雨上がりに多いような炎天下でも見るような、夜の光に照らされてたったいま出てきたばかりらしくつやつやぷりぷり動いているのもいるしもう潰れて平らに動かないのもいてそもそもこの舗装道路の上までどうやってのぼってきたのかまさかコンクリだかアスファルトだかをすり抜けられはしないだろうからどこか土が表に出ているところで例えばディアン公園とかの土を掘ってのぼって出てきてそこからわざわざ硬い舗装道路まで水平移動してくるメリットというか意志は一体なんなのか、本能、使命、細いミミズ太いミミズ、ミミズの寿命がどれくらいか知らないがせっかくここまで大きくなったのに、それとも生まれつきこれくらい大きいのだろうかミミズは卵から生まれるのだろうかだとしたらそれはどのくらいの大きさの卵なのか、子供のころ小学校の野外活動で海が近い雑木林をウォークラリーの班で歩いていたとき地面にものすごく太くて大きい直径五センチ長さ一メートルとかあるミミズがいて本当にいて班の男子が一人もうものすごく興奮してそれをつかんで掲げたのだが嫌がって叫んで逃げる女子やめなよふざけないでよと怒る女子マジかよお前マジなのかよと言いながら腰が引けている男子男子でも私は彼が女子を怖がらせようとかほかの男子に勇猛を誇示しようとかましてふざけようなどと思ってそのミミズをつかんで掲げたのではないことがわかって彼は純粋に見たことがないサイズのミミズにどうにも興奮してしまっただけのことでその気持ちはとてもわかる私もあんな風につかめはしないけどもっとじっと見てみたいのでちょっとじっとしててほしいのにほらすげえよほらとしきりに上下左右に動かしている彼の手のなかのミミズは少し紫っぽい色をしていたがそのほかは普通のミミズと同じように色が薄い帯みたいなところがあって皮膚は内臓っぽくツルッとしているけど横向きに等間隔に筋があってこのサイズでも目がどうなってるのかわからなくて彼の手のなかで静かにうねうねのたくりながら粘液みたいのを出し始めてそれも口からとか尻からとかつまり端っこの穴からではなくどこからともなく多分表皮の全部からじわじわねばねば滲んで溢れて垂れてそれに気づいた彼はうわぁっとミミズを地面に放り出してその衝撃でかミミズはぐねぐねっといままでに増して激しく震えて粘液を出してそれに土がくっついて塊になってミミズにくっついてなにしてんのよもう死ねばっと怒髪天の女子にそうだよそうだよと同調しながら私は土や砂粒にまみれてうねる動きで一度塊状になった土が割れてなかからまた肌が見えてそこから出る粘液でまた土がくっついて剝がれて縮んで伸びてまるで脱皮か羽化か孵化しているみたいに見えるミミズを凝視していると彼は手ぇ洗わせてーと言いながら手を幽霊のように体の前に垂らしてうろうろしたがその辺りに水道などはなく水筒の麦茶も残りわずかでうーきもちわりーきもちわりー結局道の脇に流れていたまあまあきれいそうな細い水路を跨いで前屈して手を洗ったがいくら透明

に清潔に見える水でも雑菌とかがいて汚いということを小学六年生いや五年生かだって六年生は修学旅行があるから泊まりがけで野外活動には行くわけがない私たちはもうわかっていたので誰も彼にハンカチを貸さないまま置き去りにしたあの巨大なミミズは当たり前だがこのミミズとは違う種類なのだろうが、でもいま思うとあれはミミズだったのかも怪しいような気がしてじゃあなんなのか蛇じゃなかったしヒルだったら怖いけど血も吸われていなかったし……ある程度大人になったいまミミズは好きでも嫌いでもないけどできれば無駄に死んでほしくないから大人しく地面のなかにいればいいのにと思ってミミズを避けながらアパートに戻り入り口の重たいガラスドアを開けてなかに入って古い建物の匂いを嗅いだ瞬間外の夏の夜のこもった湿った匂いが逆流するように強く感じられ野外学習の雑木林を通った海の匂いや同級生の体操服の匂い自分の帽子の内側の匂い女子の制汗スプレーの匂い土の匂い外で作ったカレーの匂い火の匂いウナの匂いキンカンの匂いミミズに匂いはあるのだろうかあのとき洗う前の彼の手を嗅いでおけばよかった多分予感だがそんなに嫌な匂いではない気がすると考えながら眠って起きて窓を開けると公園じゅうに子供たちが溢れるように集まって遊んでいて、ものすごく大きな声できゃあきゃあきゃあ、それは単に人数が多いからだけではなく声の質がもっとこう躁状態のような飛距離が長いような爆発的なほどでぎょっとして網戸も開けて身を乗り出して見てもやっぱり人人人それも全員子供ばかり、今日は土曜日で学校はお休みだがだからっていつもの土曜日はこんなんじゃなくてゲートボール老人と幼児を連れたお母さん方とあとは小学生がちょこちょこくらいなのに今朝はもう子供たちがひしめきあって走り回ってブランコに乗った女の子が真っ直ぐ伸ばした足でさあっと弧を描くのに合わせて彼女の両脇に高く鋭く水しぶきが上がってそのしぶきの一番高い粒は私の窓にまで届いて透明な粒がきらっと目の前で弾け、これってまさかまた夢と目を凝らすとしかしどう考えても現実の本物の私の眼下に広がる公園の地面がすべて水浸しになっていて水の匂いがしてジャングルジムの半ばから飛び降りた男の子の両足がバシャン鬼ごっこをしているらしい子供たちのくるぶしがパシャンパシャン小さい船を浮かべている子もいるし座りこんでいる子はお尻も水に浸かって深さ五センチとか十センチとかそれくらいに見える水は澄んで子供たちの動きが生み出す無数の波や波紋がぶつかって混ざって遠ざかるにつれて凪いでそこに新しい波や波紋が生まれて揺れて空や子供らが映って光って水飲み場の小さい蛇口から細い筋になって上向きにほとばしる水が水に落ち無数の王冠が輝いて飛び散って私は呆然としたのち彼らに混ざりたいと激しく思うのと同時に混ざってはいけないだってそこには子供しか小学生くらいの子供たちしかいなくて保護者らしい姿すら一人もいないひたすら子供たちだけで色とりどりの軽い柔らかいボールがほんの少し沈んでからぽくんと浮かんで笑い声に満ちて流れあるいは誰かの手によって拾い上げられ投げられるとまた水滴を散らしながら笑いながら飛んでいって月の夜と同じように公園の周囲の道路には水なんてなくやや湿って濡れているように見える気もするのは朝露か夜にちょっと雨でも降ったのか、でもその程度で水溜りすらなくてどうして公園だけがこんな、携帯が鳴って出るとなりつんでああなりつんなりつんいまうちの目の前の公園あるじゃんあそこ水浸しなんだよすごいんだよと言うとなりつんはえーこわいね気をつけてねそれでさあ借りてた白鳥先生の授業のノートあれたもつくんに貸してもいいかなー？　たもつくんはなりつんがここ半年くらい片想いしている男子で私は全然いいと思えないむしろ感じが悪いと思っているのでそんなのやめてほしいに決まっていたがいいよ次の授業までに返してもらえるなら全然いいよー、うそありがとう超助かるじゃあねとなりつんは電話を切ってしまってそれからもずっと水しぶきと光と子供たちに目を奪われぼんやりしているうちにその水が公園の縁から少しずつ減っていってつまり水が引き始めているのに気づいて公園じゅうに散らばっていた子供たちも徐々にその輪を縮めて数を減らしてただの濡れた土の部分が現れて増えてつながって私は慌てて網戸を閉めて窓を閉めて顔を洗って服を着替えて部屋を出るとアパートの周囲も歩道も車道もやっぱり全然普通で水溜りさえなくて公園に駆けこむともう水はなくて子供たちの数もかなり減っていて普段の土曜日の午前くらいの人数、私は出口に向かっていまにも帰ろうとしている女の子たちのなかにマナちゃんの姿を見つけておーいおーいマナちゃーんと呼んだのだが気づかなかったのか無視なのかマナちゃんは黒髪をつるんと光らせながら友達と連れ立って手をつないでこちらも見ずにすたすた行ってしまって公園はいまや普通のいつもの公園になってここにずっといましたけどというように小さいおじいさんがベンチに座ってうつらうつらしている足元を鳩が歩いて子供たちはもう一人もいなくてただ砂場の砂は湿ったような黒い色をしていて紐を引っ張ると進むらしい小さい船の多分お風呂用のおもちゃが残されていてやっぱりほら水がここにほらと思いながら砂を踏むとサクッと凹んで私のコンバースの靴底の形にちょっとだけ水が溜まりでもほんのちょっとだけで首を捻りながら公園を出ると路上にたくさんのミミズがいて昨日の夜より増えていてその分潰れて死んでるのも多いし逆にいま出てきたところですというふうにうねうねしているのもいて、あああと思っているとあれー先生と声がして顔を上げるとみさきちゃんとご両親で、あっこんにちは、えー先生なにしてんのー？　こら敬語使いなさい、ああいえいえいいんですよまあ公園を散歩かなーみさきちゃんはなにをしてるの、うちらお昼食べてたのここでと彼女が指さしたのはすぐ近くにある赤い暖簾の小さい中華料理店で、あれっでもさっき公園で多分マナちゃん見たけど一緒じゃないの？　ああマナ今日は友達の家でお昼ご飯ご馳走になるって言ってたからうちらだけだってマナね中華料理嫌いなんだって変でしょ？　へーそうなんだ、家の餃子とかは大丈夫だし給食の中華丼とかも好きなんだけどでも中華料理屋さんの匂いとか味がヤなんだって変でしょ？　変じゃないよ誰でも好き嫌いはあるよね、先生は中華は好き？　大好きだよ、えーうちもうちもじゃあこの店先生行ったことある？　ないなあ、じゃあ行きなよおいしいようちが小四のときにできたけどマナいないときよく来るよ、へえなにがおすすめ？　うーんうち的にはアンかけ焼きそばか天津飯かタンタンメンもおいしいしあと麻婆系もおすすめ！　みさきちゃんはコマーシャルかなにかのように唇をぺろっと舐めるとあっお母さんさっきもらったやつ先生にあげたらいいじゃん！　ああそうねと今日もいつもどおり隙なくお化粧しているお母さんは肩にかけていたポシェットから紫色のクロコ型押し財布を出してそこから小さい赤い紙を引き抜いて先生これよかったらどうぞいまもらったクーポンなんですけどとラベンダー色に塗った爪で差し出してえー悪いですそんな、いいのいいのこういうのすぐ使わないと持ってるの忘れて期限切らしちゃうし先生おいでになるんならどうぞご近所だからこれから機会もありますでしょ？　あーどうもありがとうございますではありがたくいただきますじゃあ早速行ってみようかないまから、えーいいじゃん行きなよ行きなよ多分いま空いてたよ、ありがとうじゃあまた授業でね、先生バイバーイ、こら敬語使いなさいって言ってるでしょもう失礼いたします今後ともどうかよろしくお願いいたします、いえいえこちらこそありがとうございました、その間一言もしゃべらずこちらを見もしなかったお父さんが無言のままひょいとお辞儀をしたのにどうもどうもと返しながらそういえば保護者から金品をもらうのはタブーだったがまあクーポンくらいならいいだろう言わなきゃバレない、もらったのは小さいつるっとした紙で縁がちょっとギザギザしているのは大きな紙に印刷したのを何枚か重ねてハサミで切ったのだろう、中華龍亭クーポン・お会計時にご提示で五十円引きと印刷してあってその周囲を細長い龍が取り囲んでいて同じ龍の絵がついている朱赤の暖簾をくぐって引き戸を開けると澄んだ高い声でいらっしゃーいお好きな席へどうぞー、私は窓際のテーブル席に座ってラミネートされたランチメニューを見て酢豚定食にしようそういえば酢豚ずっと食べてないなお母さんの酢豚好きだったけど外では頼んだことないもんな給食のはなんだかねばねばして変に甘くて出来損ないのイチゴジャムに醬油混ぜて豚肉と野菜を和えたみたいな味だったし学食に酢豚はないしランチタイムはご飯大盛り無料とも書いてあったので水を持ってきた小柄な女の人に酢豚定食ご飯大盛りでお願いしますと頼んで女の人はハーイとまた澄んだ楽器みたいな声でこたえて、店内には二組しかお客さんがいなくてカウンターの作業服姿の男性二人組はなにか麵を食べていて壁際のテーブル席の小学生の子供を二人連れた母親は天津飯か中華丼かそういうアンかけのご飯で子供たちはチャーハンと焼きそば、アンかけじゃないカラッと炒めてあるやつ、カウンターの上の小さいテレビに新喜劇が映っていてここからだと画面が遠いし音も小さすぎてなにがどうなっているのかわからないのに新喜劇とわかるのは色味なのかなんなのかガラッと引き戸が開いてジャージ姿のおじいさんが入って来てラーメン、その声にカウンターの作業服の男性がさっと手を伸ばしテレビの脇に置いてあったリモコンを手にとりチャンネルを素早く替えて野球中継、厨房から出てきた女の人がアッラーメンね、おじいさんはうん、うん、とうなずいてカウンターの作業着の男性たちの二つ隣に座ると彼らにアリガト、と言って言われた男性はヘヘッと笑っておれらお会計！　おじいさんの前に水を置いた女の人が今日は別々ね？　作業服のもう一人はなぜかうつむいて肩を震わせ笑いか涙を堪《こら》えていて、てっきりおじいさんは野球が好きなのかと思ったが全然見当違いの方向を向いて頰杖をついていてテレビは見ていなくてもしかして新喜劇が嫌いなのかも、親子連れも立ち上がってごちそうさま、机の上にはまだたくさん残っているチャーハンと焼きそばの皿があって、ごちそうさまでした、はーいどうもーアメどうぞーママさんもどうぞ、えっいいんですか、もちろんもちろんどうぞどうぞ、ありがとうございます、ほらありがとうは、さっきの男の人たちにはアメ勧めてなかったなと思いながらチラリと見るとありがとー、ありがとーと言う二人の子供の足がピチャピチャ鳴って床に靴のあとが濡れて残って私はどきっとしたのだが声をかけることはできずに三人は店を出ていってすぐおじいさんのラーメンが運ばれてきたのを気にしてか女の人がわざわざ私のところに来ていま揚げてるからもうちょっと待っててねごめんなさいねーいえいえそんな大丈夫ですそうか酢豚って揚げるっけ、おじいさんがラーメンを啜る音が聞こえて厨房からは水が勢いよく流れる音がしてそれが混ざり合ってどちらがどちらかわからなくなってピタッと止んで一拍おいておじいさんの音だけ再開するなか運ばれてきた酢豚はお母さんのより色が薄い透明なアンがたっぷり絡めてあって豚肉と緑赤ピーマンと玉ねぎキクラゲ、にんじんがないのがうれしい、お母さんのには入ってたヤングコーンがない、四角い大きな黒いお盆の上にはほかに大盛りご飯と卵スープとキャベツの千切りサラダ、小皿にザーサイ小鉢に杏仁豆腐、ご飯はツヤツヤで卵スープは薄くとろみがついて底に四角く切った豆腐が沈んでザーサイは苦手なので食べないけどキャベツには胡麻ドレッシングがたっぷりかかって、揚げたてだけあって豚がカリッとしていて衣にちょっと中華っぽい香辛料の香りがしてアンは母のより酸味も甘味も薄くてあっさりしていて野菜もたっぷりで元気が出そうな、ゴチソウサマッとおじいさんが立ち上がって女の人がハーイと出てきて六百円ね、またきてね、おじいさんが出ていって女の人は丼を片づけるついでのように私のところに来てテレビのチャンネル戻そうか？　え、あ、いいですいいです、そうお？　おいしい？　はいおいしいです、よかったーっ！　と笑う女の人が持っているラーメン丼のなかでおじいさんの残した焦茶色のスープが揺れて油膜で覆われた青ネギがぴょんと水中から飛び出して丼の内側のむかしながらの中華っぽい模様にくっついて黄色い麺の切れ端も漂っているのが見えてなんとなく食欲が失せて大盛りにしなきゃよかったかもしれないと思ったがご飯も全部食べて最後に缶詰のみかんとパインが一切れずつのっかっている杏仁豆腐を掬《すく》っていると女の人が厨房と客席の間にかけてある朱赤のれんをひょいとひらめかせて出てきて、手には大きめの小鉢というか小さめの丼を持っていてそれを私のテーブルにとんとのせてサービスと言ったがそれはいま食べたのと同じ杏仁豆腐で、でもみかんパインはなくただただ横長の菱形の真っ白い杏仁豆腐が透明なシロップにたくさん浮き沈みしていて私がへ、と言うと女の人はもう一度サービスッとにっこり笑うので私はお礼を言ってその真っ白いが牛乳的な味のまったくしない、もしかしてこの白さは牛乳ではない白い食べ物由来なのだろうかでも牛乳以外でこんなに白い食べ物は豆腐と加熱した卵の白身くらいしか思いつかないそれかココナツミルクとか……前になりつんの海外旅行土産のココナツ味インスタント麺を食べて次の日真っ白な便を出したことがあってその麺のスープは苦濁ってはいたが真っ白ではなかったのにトイレのなかは本当に真っ白でそれ以来ココナツは苦手で入っていたらすぐわかるから違うし、これはだからなんの味だろういままで食べてきた杏仁豆腐はどんな味がしたかお母さんがたまに作ってくれたやつはもっととろっとしてミルクプリンみたいだったけど、シロップはデザートの小さい小鉢で食べたときはあまり感じなかったかき氷イチゴシロップみたいな人工的に甘い匂いがして噛まずに飲みこむと杏仁豆腐の表面と菱形に切り出してある断面のそれぞれの滑らかさが微妙に違っていていま舌に当たっているのは表面だないま上喉を擦っているのは断面だなとわかってそうやってせっせとつるつる噛まずにシロップも極力掬わないで食べ終えるとやってきた女の人がもっと食べる？　と言うのでいいえ大丈夫ですありがとうございましたとこたえると女の人は透明なシロップに私の口とスプーン経由で移った酢豚の油が浮いてちょっとだけ濁った膜みたいになっている小丼を持ち上げながらこのお店ね大学生の子がたくさん来てくれるかもしれないと思ってたけどあんまり来ないのね大通りまたぐからかな値段も量も良心的だと思うんだけどだから来てくれてうれしいのお姉さん西大生でしょたくさん食べる女の子は大好き次はよかったらお友達いっぱい連れて来てねうんとサービスしてあげるからね、あーはい聞いてみますどうもごちそうさまでした、杏仁豆腐で胃がとぷとぷ重く冷たく、店を出てからクーポンを出すのを忘れたのに気づいてあーあと踏み出した足がずるっと滑って見おろすと太い大きなミミズを踏んでいて潰れたミミズの端っこから水っぽい黒緑茶色い泥のようなものがぴゅっと出てそれが生成色《きなりいろ》のコンバースに散ってああああクラクションの音がしてはっとそちらを見ると右側から車が一台こちらに走ってきていて対向車もいないし自転車もいないのに誰に向かって鳴らしているのか私にだろうかと慌てて大きく一歩後ろにさがって閉まっている小さい商店のドア付近に背中を寄せるとライトをぶわっと膨らんだように大きく光らせ水を撥ねさせながら走り去る車はこの雨のなかを信じられない速度で加速して道の脇に溜まった水を低学年の子ならすっぽり覆われてしまいそうな高さに撥ね上げながら消えていって雨はまた強くなっていて私の子供の小学校の通学路であるこの住宅街の道路にもあちこちに水溜りができていてほんの少し前まではこんな天気ではなくて朝から警報こそ出ていたが豪雨というほどの雨ではなくて私は朝七時に送られてきた小学校からの大雨警報発令中ではありますが予報によると昼には雨は止むとのことですので本日は通常登校させてくださいつきましては保護者の方はご無理のない範囲で通学路の見守り活動をお願いしますという連絡網アプリの通達を見てこうしてここに立って左側を、この通学路を通る子供たちが必ず現れる方角を傘をさしてゴム靴をはいて見つめていて、私の子供はじめ何人かはすでに傘をさしてカッパを着て大きな分厚いランドセルをビニールカバーで包んでここを通り過ぎそのころまだしとしと降りの雨のなかをおはようございまーす、いってらっしゃい、おはようございます、いってらっしゃい、気をつけてね、気をつけてね、気をつけてねほんとにね、私の子供は彼らは無事にこの雨に捕まる前に小学校に着いただろうか、そしてまだ来ない子供たちは欠席を決めたのか親が車で送迎しているのかもしれない、そうだったらいい、いつの間にか水溜りが私のゴム靴のすぐ脇にできていてその真ん中が変な揺れ方というか波立ち方をしていて目を凝らすと薄赤い細長いミミズがのたくっていてPTAから配布されている

『こどもみまもり隊』と書かれている反射材つきの蛍光黄緑色のタスキを引っ張り上げるとびしょびしょでTシャツの生地に貼りついて一緒に持ち上がって腹が出てそこに雨粒が新鮮な冷たさでぶつかって雨は私がここに立ち始めてから五分、十分、どんどんどんどん強くなり辺りもじわじわじわじわ暗くなってそれも夜のように空が暗いのではなく水の動きが物理的に視界を阻んでいるせいで暗く見えるためか街灯も点灯せず私が子供のころはまだあった夕立とは違ってあれは真っ黒な雲が出て空も真っ暗になってわっと降ってすぐに止んだけれどそうではなくて雨は太くなっていってそれだって目を凝らせば一本一本の雨の筋は白いのに、だって水だもの、でもそれが激しく落下し重なり合い地面にぶつかって跳ね返って地上数センチのところまでが細かい霧というかもっと濃い激しい小さい滝壺のようになって雨はザーザーとかではないドウドウというような音で傘は無意味でマスクの外側も内側も服の肩も脚もゴム靴のなかの足もどこもそれぞれの濡れ方で濡れていてこんな雨のなかを子供たちは来ないほうがいいでももう家を出てしまっているなら来たほうがいい少なくとも大人が一人は待っているここまで、左側からライトの光が滲んでゆっくりゆっくり近づいてきてそれは自転車で紺色のカッパを着た大人の女の人が押してとぼとぼ歩いてきておはようございますと言うとおはようございますと返ってきたがぼとぼと水が垂れるカッパのフードに阻まれて彼女の目というか顔はまったく見えなくて声も遠くて多分私の声も彼女に遠かったのだろう、自転車の赤いテールライトが遠ざかっていくのに遠ざかるほどライトの光が大きく広く雨粒に拡散して見えてなんだか近づいてくるような騙し絵のようで突然大音量でアラームが鳴り大雨による避難指示がこの地域に出ているという緊急速報アラートが浸水や土砂災害の危険性がありますす速やかに安全な場所へ移動してくださいい避難所への避難が危険な場合は近くの建物や自宅内の崖や山から離れた上階の部屋に移動するなど身の安全を確保してくださいい……雨はもちろんいつかは止むのだろうがもしかしたらこの場所はあと数時間でいや数分で数秒で濁った水に覆われてしまうのかもしれない、今年や去年や一昨年やもっと前のさまざまな場所の映像、逃げるべき、でもどこに、小学校は三階建てだから安心だろうかアラートが鳴り止んだ街は一層暗くなり街灯がようやくぽつぽつ灯り始めそれもぼわぼわと広く滲んで遠いような近いような雨雲レーダーの赤い点が膨み縮み移動していきながらここを通るはずの子供たちはもういないのかどうかわからないけれど通学時間が終わるまでここにこうして立っている私の足元の水溜りにパッと白い光が灯りそれが一瞬だけ雨に打たれず凪いで静かに丸く真ん丸く見え、そういえばベランダ側の窓を開けっ放しにしているんじゃないか閉めなくちゃ、

絵画教室

図書館へ本を返しに行った。おそらく明け方まで降っていた雨が止んで空は白く曇っている。臨時休館を経て、少し前から図書館は事前予約制になっている。インターネットで希望する本を予約しておいて指定の日時に取りに行く。受付のところで利用証のバーコードを読み取ってもらって用意していた本を渡し用意されていた本を受け取る、エプロン姿の司書の女性と僕はマスクと透明なアクリルなのかなんなのかの板を挟んでお互いほぼ無言、今日はいままで借りていた絵本五冊のうち三冊を継続して借り、二冊を返し別の二冊（前に借りたことがあるもの）を新たに借りた。ほかに利用者はいない。書架は閉鎖されている。手前にある子供用の背が低い棚は上から白い布がかかっていて、単行本や専門書の棚の方は照明が消されていて暗い。以前はいつも老人たちが座っていた新聞・雑誌コーナーの椅子には背もたれから座面にかけて斜めにビニール紐がさし渡され、その上に使用禁止と印刷された紙が載せられている。窓を覆うブラインドがときどききしきし鳴っている。子供と、屋内でお金をかけず比較的長時間を過ごせる休日の居場所がなくなったのは痛いし、好き勝手に本を触って新しい絵本を探させてやれないのも寂しいがまあ仕方がない。小さい子供は本をそれこそかじったり舐めたりもするものだし、高齢者の一部（日によっては大部分）は大口を開けて昼寝をしていたし、子供そっちのけでおしゃべりしている母親たちも多かったし、こうやって本を貸し出してもらえるだけでもとてもありがたい話だ。あんなに図書館が好きだったはずの、毎週のようにここへきていた子供は、こういう状況になってみると別に図書館を恋しがるわけでも連れて行ってくれと泣くようなこともなく（ショッピングモール内の遊び場はそうやってねだられたのだが）、図書館という場所へ行きたがっていたのは単に親である僕だけだったのかもしれない。

ロビーの一隅で絵の展示会をしていた。プロではなく、地域のサークルとかがお金を払って場所を借りているのだろう。ときどきこういう展示がある。風景写真、絵手紙、壁際にぐるりと設置された長机の上に活け花が並んでいたときは和服姿で髪をセットした年輩女性たちが歓声を上げながら互いに写真を撮りあっていた。とはいえ、いずれも少し前の記憶だ。最近はここはずっとがらんとしていた。小さい長机の上にちらしと芳名帳、キャップつきボールペンと卓上アルコールジェルが置いてある。ちらしの上には小さい丸い石が重石にしてあった。石には顔が描いてある。見覚えがあった。動物の顔、目がまん丸く、下向きの鼻がついていて小さく開いた口の上には犬とか猫を描くとき強調する左右の膨らみがある。ちょっと不気味な、どことなく南米とかそういう土地の工芸品的な雰囲気のある顔、石の左上のあたりが薄く削げたように欠けてへこんでいる、僕はこれを知っている。どこで見たんだっけ、なにかのキャラクターでもないし、「どうぞ、よかったら」声がして、顔を上げると中年女性が立っていた。マスクをしているからはっきり見えないが多分にこにこ笑っていた。生え際にいくつも汗が浮いている。今日は蒸し暑い。女性はすっとその丸い石を持ち上げ一枚ちらしを手に取り僕に差し出した。石を見てたんですとも言えず僕は受け取った。女性は石をちらしの上に戻した。石が載っていた部分が少し窪んでいた。灰色がかった薄紫色の艶のある紙に『つゆくさ会　定期作品展示会』と印刷してある。代表　露木史子　メンバー　田辺立美　露木香澄　篠野橙子　篠野みほし……そうだ露木先生、絵画教室、僕は小学生のころ近所の絵画教室に通っていた。この石はあの教室の先生の机の上にあったものではないか、石はいくつかあった。笑った顔目を閉じた顔牙を剥き出したやつ、魚や鳥、虫……僕が無言でちらしを見つめているので訝しんだのだろう、女性はなにか言いたそうに息を吸って、でもなにも言わなかった。僕は「あの、ここに書いてある、露木先生、昔、子供の絵の教室をしておられませんでしたか」女性は目を少し開いた。「ええ、しておりました、ええと、露木史子は私の母ですけど」「あ……僕、多分そこに通っていたんです、ずっと昔ですけども、子供のころ」「本当ですか」女性は目を丸くしたまま何度か小刻みに首を動かした。「母は、ええ、子供さんの教室をずいぶん長いこと……ええ、そうですか。生徒さん」「いまも、お元気ですか?」女性は目元の笑みを少し強くして、ええ、ええと頷いた。「もうかなりの歳ですから、どこもかしこも元気いっぱい、とはいきませんけれど。でも、歳のわりに元気だと思います」娘だというこの女性はどう見ても僕より十は歳上に見える。となると先生も僕の両親より十歳くらい上、八十前後だろうか。あのころ先生はいくつくらいだったか、おばあさんと呼ぶのは失礼な、でもおばさんでもないような感じ、先生の顔は思い出せない。背が高かった気がするが、子供だった自分との身長差でそう思うだけかもしれない。確か姿勢はよかった。「いまも、絵を?」「ええ、ええ。今日展示してあるのが、母の一番新しい絵なんですけれども、それももう、一年以上前に描いたものです。やっぱり最近は出歩いたり、お友達と会っておしゃべりしたりできないのに気落ちしてなかなかね」話しながら女性が歩き出したので僕もついて行った。女性は上下が同じ布でできたきっちり見える上着とスカート姿で、靴は黒いスニーカーだった。壁に飾られた絵は、大きなキャンバスに描かれたものも手のひらサイズの紙に描かれたものもある。花の絵が目立った。ひまわり、バラ、花束、花と猫の組み合わせもある。桜とキジトラ、朝顔と白猫、紅葉と三毛猫、雪を被った赤い花と黒猫という四枚組の絵は、上手は上手だが漫画のようにも見えた。おそらく若い女の子が描いたのだろう。女性が立ち止まった。これですね、と示されたのは一番奥まった壁の真ん中に飾ってある絵だった。大きな、畳半畳くらいのキャンバスに、白い筋がいくつも走っていてその奥に馬がいる。「雨の絵です」女性は言った。「雨の牧場です」絵の下に貼ってある小さい札を見た。『馬たちの夏　露木史子』馬たち、しかし描かれているのは一頭だけに見えた。背景は白く、ただ白いだけなのに奥行きが感じられる。牧場というより氷原のような、馬はぼんやり霞んでいたがこちらを見ているのはわかった。目が黒かった。絵の中でくっきり描かれているのはその目だけだった。「夏っていうタイトルなのに寒そうでしょう」女性は言った。「私も見たときえーなんでこのタイトルなのって、母に聞いたんですけれどもね。本人が夏よって言うもんですから」「夕立なのかな。ゲリラ豪雨とか」「ええ、ええ、そうかも……母は馬が好きで、元気なうちは毎週乗馬に通っていたんですよ」「それはすごいですね」「あたしはもう人間より馬の方がウマが合うのよなんて……」「馬の石もありましたね」「うまのいし？」女性は少し驚いた声を出した。「あの、ええと、僕、このちらしの上に石が置いてあったでしょう。動物の顔が描いてある。あれに見覚えがあって……それで先生のお名前を思い出したんです。先生の教室に置いてあったでしょう、いろんな顔が描いてある石が」「石ですか」女性は頷いた。「ええ、確かにあれは母のものです。気に入っていて……うんと若いころいろんな場所で拾った石に顔を描いたもので。馬もありましたかしらね、そういえば」女性は笑った。「母がずっと大事にしてたもんですから皆さん欲しがって、もう形見分けで、私のところにはあの猫ちゃんしか残ってないんですけど」「かたみわけ？」女性はしまったという顔をした。そして「ごめんなさい、母、亡くなったんです」「え？」「今回の展示もつゆくさ会最後の……母の会でしたから。本当は追悼とか書こうかっていう話も出たんですけど、湿っぽいし見てくださる方には関係ないことですしねって、暗い話はもうたくさんでしょう皆さん。……それで、まあ、人通りも少ないのはわかってたんですけど、いつもと同じ時期に同じ場所でやろうって、そういうことになって」「そうだったんですか」「ええ、ですから、この絵は遺作になっちゃって……まあ、歳が歳でしたからね。わりとね、パッと悪くなってパッと亡くなったものでね。ただ、病院がね。身内もお見舞いがかなり制限されてて……もどかしかったですねえ」先生が亡くなったことを言ったらなにかが緩んだのか、女性は滑らかに喋り続けた。「死に目にはなんとか、会えましたけど私だけは。ええ、ああ私ね、三姉妹の真ん中なのね。上と下は、会い損ねましたけど。なにせ上は大阪に住んでて、下は島根の方……おいそれとはねえ、やっぱり」はあ、と答えながら僕はまた絵を見上げた。白い雨、ほとんど黒のような茶色い馬、さらに黒い目、地上と境目がないとけたような空、「うちは父が早死にしてましてね、祖父母もわりと……サッパリしてるんです。ぐじゃぐじゃあとあと迷惑かけないでパッとね。ええ本当、それってもう、ひとつの人間の価値みたいなもんですよこの歳になったら。本当に。私にも遺伝してるといいんだけどそれが」本来なら幼い子供を連れた母親たち、お年寄り、お話し会ボランティアの声も聞こえる図書館のロビーには僕たちだけしかいない。開けっ放しになっている自動ドアから車の音がかすかに聞こえた。風の音のようにも聞こえたが街路樹は揺れていなかった。館内の観葉植物もこころなしぐったりしている。お話し会や本の交換会や地域のイベントなどの告知が貼ってあったはずの掲示板もがらんとして、図書館の利用制限に関する掲示のほかはさっきもらったこの絵画展のちらしだけが画鋲で留めてある。灰色がかった薄紫色は、言われてみれば忌中というか喪中の色だ。「本当、こうやって昔の生徒さんに見ていただけて母も間違いなく喜んでます。ありがとうございますね。大阪の姉なんてね、死ぬのがわかってたみたいな絵ねえなんて言って。でも、これを描いたときは元気だったんですよ。まさか、死ぬなんて、きっと当人もわかってなかったの。わかってたら、ねえ……なにを描いたか、なにも描かなかったのか、それは私にもわかりませんけれど」

帰宅してしばらくすると母から電話がきた。豆をたくさんもらったので食べるなら持っていくがどうかと言う。「豆って、どんな豆?」「モロッコ豆。わかるかな、大きくて平たい緑の……さやごと茹でたり、天ぷらしたり。おいしいよ、クセがない」「ああ……うんもらう。ありがとう」「今日はこれから家にいる? いないならドアノブにアレしとこうか」「いや、いる、いる、ありがとう」実家はここから車でなら近いのだが、最近は極力行かないようにしている。七十代、大きな持病もなく元気とはいえ日々集団生活をしている子供と会わせるのは避けた方がいいに決まっている。昼食を作って食べて皿を洗ったところでチャイムが鳴った。オートロックのドアフォンに母親が映っている。マスクのせいか顔がとても小さく見える。近所で見かける老人たちも皆そうだ。マスクの規格が老人にとって大きすぎるのではないかと思う。エントランスのオートロックを解除して口をゆすいで両手を洗いマスクをつけてドアを開けた。廊下を母が歩いてくる。片手に膨らんだ白いビニール袋を提げ、反対の手には漏斗状に丸めたちらしを持っている。マスクがやはり大きい。「ありがとう。わざわざ」「はい、これ、あじさい……」呼気を気にしているのか顔を背け気味に声をひそめて、部屋に入ることなくドアの前で足を止めた母は豆より先に通販の派手なちらしで包んだあじさいを差し出した。青い小さい花の塊が、一輪というのか一枝というのか一群、商品写真の中から覗いている。「あじさい？」「庭のがちょうどきれいだったから切ってきた。いらないなら持って帰る」「もらおうかな……きれいだね」「裏口の脇のとこ」「ああ……」僕は薄緑の豆がたくさんつまったビニール袋も受け取ろうと手を伸ばしたが、母はその手に気づかなかったのか前屈みになって袋をそっと僕の足に立てかけるように下に置いた。母のつむじが見え、黒く染めた毛の根本が白く、その下というか内側から地肌が広がっているのも見えた。地肌も色が抜けたように白い。僕も白髪が増えてきた。ときどき人間は本当は何歳で死ぬように作られているのだろうと考える。母はゆっくり体を起こしながら「今年はどこも、あじさいがきれい」と言った。「今年？　年によって違いがある？」「あるよ、あるある……どこもすかすか貧相ねって年もあるし……桜でもなんでもそう」「そうだっけ」「そうよ、今年は花つきが多いし、一つ一つがなんていうの、分厚いっていうか、濃い感じ。もりもりしてる」「へええ」じゃあ、と母が外側からドアノブに手をかけて閉めようとしたので呼び止めて、昔、僕、子供のころ絵の教室行ってたよねと尋ねた。「ああ、行ってた行ってた」母は体を立ち去る方向に向けたまま首だけかすかにこちらに向けて頷いた。「懐かしい」「今日図書館に行ったら、あのときの絵の先生の絵が飾ってあったよ」「露木先生？」母がするっと名前を言ったので驚いた。「よく覚えてるね」「そりゃね。でもあんたこそ、よく覚えてたねえ」「たまたま……先生の娘さんっていう人がそこにいて、少し話した。先生、亡くなったんだって」「へえっ！」母はドアノブに手をかけたまま首だけでなく体をこちらに向けた。きゅっと半捻りくらいになった手首に深い硬そうな筋が浮いた。青い血管が膨らんで伸びている。今日初めて母と目が合った。大きなマスクが少しずれて、いまはかけていない眼鏡の鼻当ての痕が皮膚にくっきり茶色い。「いつ?」「そこそこ最近じゃないかな……」「まあ、そう、もうご高齢よねえ、でも、そう、へええ」「懐かしいなあと、思ってね」「あんたが唯一、自分で行きたがった教室だったもんね。半年くらいでやめちゃったけど」「えっ? もっと長く通っていたことない?」「ううん、半年かそこら……三年生の夏休み明けくらいから四年生になるまで……でも楽しそうだったよ。本当に」足が動いて、豆の入ったビニール袋が傾いでカサッと鳴った。「ああまあ、じゃあ、豆、先っぽの硬そうなとこだけ、ヘタね、落としたらあとは全部食べられるから。筋もないから。茹でてもいいし、天ぷら粉で天ぷらしてもいいし。うん、はい、それじゃあね」うん、ありがとう、気をつけて、母がエレベーターに乗ったのを確認して首を引っこめて横倒しになった豆の白いビニール袋を持ち上げて玄関の床に置いてから台所へ行き食器棚の奥から使っていない分厚い陶器のコップを出してすすいでから水を注いであじさいを入れた。枝というか茎の切り口は鋭く斜めに切ってある。一枚だけ葉がついていて、それより下の茎にぽつぽつ葉のつけ根が残っている。母が一枚残して落としたのだ。花の塊はずいぶん大きい。赤ん坊の顔くらいある。食卓に置いてみた。倒れるかと思ったが花は傾いて首をコップのふちに引っ掛けるように安定した、が、ここだと子供が(ことによると僕が)倒しそうだ。ほかにどこがあるか、コップを持って少し悩んで靴箱の上にする。雑然と置いてあったマスクの箱やシャチハタや自転車の鍵などを隅に寄せ、花がこちら側を向くようにコップを置いた。すごく存在感がある。大きいだけでなく、確かに花に厚みがあって柔らかいのに底知れない。四角い、あじさいらしい花弁の中心にはもっと濃い青い、粉っぽいような小さい粒が浮くようについている。花弁に毛細血管のような筋が走って、形といい色といいこんな花だったのか、毎日通勤していたころも街で見ていただろうに、というか実家にだって生えていたはずなのに初めて見る花のような気がした。見るまでもないと思っていたのだ多分。単になにかの、季節なりなんなりを示す記号のような扱いをして。コップは少し灰色がかった白の上に濃紺で丸い車輪のようなレモンの輪切りのような柄が描いてあるもので、あじさいのくすんだ紫青色とよく合っている。手を洗って次は豆、床にいくつかこぼれていた豆を袋に押しこんだ。さやの所々に茶色く枯れてくちゃっとしたものや緑の葉の切れ端などがくっついている。袋ごと野菜室に入れる。料理にはまあまあ慣れてきたが揚げ物は怖いので茹でることになるだろう。

子供は茹でた豆を食べなかった。マヨネーズや醬油、ケチャップ、胡麻ドレッシングなどいろいろ出して混ぜたりしてみたがだめだった。子供はあじさいを見ても特に反応がなかった。豆は茹でると色が冴え、さやの中の豆が少し膨らんだ。妻は豆をとてもおいしいと言いあじさいをとてもきれいと言った。子供は借りてきた本を見ている。赤ん坊のころからもう何度も借りている本だ。人気の本は順番待ちがあるから、何度でも繰り返し借りられるこれはつまり不人気なのだろうか。子供は字は読めないし絵もどこまで理解しているのかわからない。なにかが描いてあることはわかってもなにが描いてあるのかまではわかっていなかったりもするのだろう。大人が見てもなにが描いてあるのかなんて全部は（あるいは全然）わからない。翌朝見るとあじさいがぐたっと下を向いていた。慌ててコップの中を覗いて揺らしたが、水はまだま残っている。ねえあじさいどうしたらいいんだろう、妻に聞くと、水を捨てて新しいのに替えたらいいんじゃないと言い行ってきますと家を出て行った。子供に朝食を食べさせたり着替えを励ましたりしていると妻から忘れ物をした、でももう戻れないとラインが来た。僕にもどうすることもできない。汗の絵文字を送った。すぐに同じ汗の絵文字が三つ連なって返ってきた。

いつもより行き渋る子供を送り出してから郵便局と銀行へ行きスーパーに寄る。確かにあじさいが目につく。民家の庭にもあるし公園にもある。スーパーの小さい花屋にも鉢植えが用意してある。白いのも赤いのも緑のもある。小さい星が集まったようなのやどことなく洋風なもの、たわわに咲いてその全てがこちらを向いている茂み、あじさいの当たり年、一応コップの水は新しくしたがそれで復活するだろうか。車道を挟んだ向こう側の歩道にしゃがみこんで深くうつむいているおばあさんがいた。単に休んでいるのか体調が悪いのかわからない。咄嗟《とっさ》に道を渡ってそちらに行こうとした。が、横断歩道も歩道橋も少し遠く、車道を渡ってしまおうかと左右を見ても車が途切れない。向こう側の歩道を女性が走ってやってきておばあさんに声をかけた。おばあさんも首を動かし顔を上げなにか言葉を返している。意識はあるらしい。おばあさんはマスクをしていない。そのせいか顔がだらりと長くたるんで見えた。女性がおばあさんの腕を引っ張って立ち上がらせようとした。その仕草は少しぞんざいで、親切な通りすがりの他人ではなくなんらかの身内か知り合いであるように見えた。声は聞こえないが、女性が険しい顔でなにか言い、おばあさんが顔をだらんとさせたまま言い返した。すっと車が停止した。反対車線の車もちょうど途切れている。運転席の若い女性がこちらを見てどうぞと手で示してくれている。助手席にチャイルドシートが設置してあるが中に赤ん坊はいない。僕は顔の前で手を振って断り家に帰った。郵便受けに封筒が入っていた。封がされていない平たい大きい茶封筒で、『露木先生の教室でかいた絵、もっとあったはずなのにこれしか出てきませんでした　母』と書いてあった。

　中には画用紙が何枚か入っている。一番上のは花壇の絵、見覚えがあった。写生大会だ。市だか町だかが主催の写生大会に教室のみんなで参加して、近所の大きな公園へ行って好きな場所の絵を描いた。鯉の池、そこに流れこむ小さい人工の小川と赤い太鼓橋、あるいは大規模な遊具、芝生広場、どこを描いてもよかったのだが僕がここを選んだのはベンチがあって座って楽に絵が描けそうだったからだ。本当に楽をしたかったというよりは、楽をするやり方を見つけて実行するということそのものが重要に感じられた。花壇の真ん中に半裸の女性のブロンズ像が立っていて、画用紙の右端にそのブロンズ像の先っちょだけを描いた。先っちょ、鼻先と胸の先端と少し踏み出した片足、あとは一面の花、空が思い切って青い。ブロンズ像をそんな描き方にしたのは下半身に薄い布を巻きつけただけのような格好の若い女性の全身を描くのがいやだったからで、でも少しだけ描き入れたのはそうしないとただのっぺり花壇を描いた画面が間抜けに見えたからで、つまりは全体的に姑息な判断で描いた一枚だったが先生は意外なくらい褒めてくれた。先生は誰の絵もいつでも褒めてくれたが、それでも、その写生大会のときの絵で、一番褒められたのは僕じゃなかっただろうか。像の一部だけ描いたことで逆にいろいろなことを想像させる絵だね、とかなんとか。僕はそのころ教室に入ったばかりで、先生に褒められて居心地が悪いような嬉しいような、してやったり、あるいは後ろめたい、馬鹿みたい、絵の具がしみて乾いて波打っている画用紙の手触りが懐かしかった。僕の子供はまだ絵の具で絵を描かない。手形足形をとってきた日はあったが、水を含ませた筆で絵の具をゆるめ紙の全面に色形を描くようなことはまだできない。だからこれは何年ぶりの手触りだろうか、高校生の美術の授業以来とかか。絵をめくった。次の絵も水彩画だった。一面が薄青く塗ってあって、そこに縦に白い筋がいくつも走っている。抽象画、と思ってすぐに雨の絵だと思い出した。先生の遺作、全然違うけれどどこか似ている。雨のところは描いてあるのではなくて逆に色を弾いたようになっていて、まず白いクレヨンで筋を描いてその上から水を混ぜた絵の具を塗るとこんな風になる。現象が紙の上に固化されている。先生の絵画教室は民家の一室、いや一室というか離れ、掘立て小屋のような、古い平屋建て母屋のちょっと湿っぽい庭をつっきった奥にある。木の板にTsuyukiと書いた札が下げてあるぺこぺこしたドアを開けると中は畳敷で、何畳くらいあったか、真ん中に大きなデコラの座卓があって子供たちはそこで絵を描く。座布団もなにもなく集中しているといつの間にか足が痺れて皮膚に畳の跡がつく。描きながら靴下を脱いでしまう子もいるし、はなから裸足の子もいた……みんな幼かった。僕より年上の子はいなかったんじゃないか。幼稚園児らしき子もいたがつき添いなどはなく一人だった。先生は、座卓の奥、壁際に置いた小さい机と椅子セットに座って、子供たちを見下ろし、適宜畳に座って助言をしたり褒めたりこぼした水を拭いてやったり諍いを笑ったりしてはまた椅子に戻った。私正座が苦手なの、と先生は言っていた。生まれつきね、先生は僕たちが絵を描いている間、自分も絵を描くことをしなかった。単にこちらを見ているか、机の上にある細々したもので手遊びのようなことをしていた。木や陶器でできた置物や、赤べこや紙雛のような小さい玩具、あとはだからあの動物の顔が描いてある石、獣、魚、鳥、虫、妖怪のようなやつ……僕も教室の開始時間まで一人でその石を並べたり積み上げたりして時間を潰した。先生はときどきなかなか教室にこない。もう時間になっているはずなのに、でも教室の壁にある掛け時計はそもそも少し狂っている。僕たちはまだ誰も腕時計を持っていない。丸く見える石も触れるとあちこちに欠けやひびがあり、日光を含んで温む部分と冷えたままの部分があり、鋭く滑らかに光る肌には細かく軋む粒が埋まっていて指紋が引っかかる。先生が入ってくる。紙と絵の具やクレヨンなどを抱えている。日によってはパステル、花とか果物とかを描く日はそういうものも持っている。ホワイトボードに先生はモダン・テクニックと書いた。教室にはホワイトボードもあった。キャスターつき両面描きの、マーカーも黒赤青と揃っていた。消すやつも二つあった。でも先生はめったにそこに書かなかった。その日もモダン・テクニックと書いただけであとは口で説明した。画材と素材の組み合わせとタイミング、偶然によって意図しない結果が生まれます、どうなるか誰にもわからないのね。先生は僕たちが絵を描いている間に教室小屋を出ていくことがあった。電話がかかってきたとか母屋から呼ばれたとかそういうことで。あと多分ときどきタバコも吸っていた。

僕はその日の絵を早々に描き終えてしまった。クレヨンと水彩絵の具を重ねて雨の絵、確かにクレヨンは絵の具を弾いた。空と雨、あるいは地面に溜まった水と雨、僕はそれ以上そこになにか描き加える必要はない気がしてすることがなくなって、新しい紙に新しい絵を描くのも億劫でホワイトボードの裏側に回りこんで落書きを始めた。他の子供たちは誰も僕のやることを咎めなかった。むしろ憧れの表情を滲ませつつくすくす笑っていた。熱心に真剣に絵を描いていてこちらを見向きもしない子もいた。黒い分厚い真っ直ぐな前髪に絵の具がついていた。壁とホワイトボードのキャスターの隙間に靴下を履いた足で爪先立つようにして僕はドラえもんズを描いた。ドラえもんがアメリカとかブラジルとかいろんな国版になっているやつだ。ドラ・ザ・キッド、ドラリーニョ、あとはなんだったか、ロシアとか中国のもいたがいま名前は思い出せない彼らを僕は全員描いた。かなり上手く描いた。基本的にはドラえもんの姿なのだが服を着ていて、キッドはテンガロンハットの西部劇ガンマン、ドラリーニョはサッカーユニフォームで目の焦点が合っていない感じの表情、ロシアか中国のはなぜだかわからないが満月とか丸いものを見ると狼に変身してしまう、ロボなのに。ホワイトボードの裏側は表より広く感じて、先生はまだ戻ってこなくて、僕はドラえもんズのロゴまでそれっぽく描いて表に戻った。少しまぶしい。汚れた手を洗うため靴を履いてドアを開け教室の外に出た。見回したが先生の姿はなかった。小屋の外に水道がある。腰を曲げて蛇口を捻って手を洗った。水は冷たかった。ここの水は飲んじゃダメよと先生は言っていた。どこかでカエルが鳴いていた。カエルの顔石もあった。色とりどりまだらで目が黄色いカエル、僕はズボンで濡れた手を拭いた。庭木の茂みの一つに白い頭巾のような花が咲いていて甘い匂いがした。ところどころに茶色くくしゃくしゃに枯れた花もついていていてとても汚かった。母屋から先生の声がする。やはり電話で誰かと話している。笑っている。教室に戻ると小さい子たちがホワイトボードの裏側を見てくすくす笑っていた。教室には先生の絵は一枚もなかった。石に描かれた顔しかない。僕たちは先生がどんな絵を描くか知らないままそこで絵を描いていた。そんなの変じゃないかと思うが、子供ならそんなものかもしれないとも思う。なにか説明しながらホワイトボードや紙の切れ端に描いた絵を、先生はいつも、誰かみたいに描くのはよくないと言ってすぐに消すか丸めてしまう。でも、だとしたら、僕たちは一体なにを先生に学んだのだろう。クレヨンが絵の具を弾くこと？　誰かみたいに描かないことは一体どうやったら学べるのか、モダン・テクニック、デカルコマニー、マーブリング、フロッタージュ、突然カタカナが脳内に広がって僕は少しむせた。庭から足音がしてぺこぺこのドアが開いて先生が戻ってきて、笑っている小さい子にどうしたのと聞いて彼らが含み笑いで僕を見たが僕は知らん顔をして先生に描けましたと絵を見せると先生はいいね、雨だね、驟雨だね、わかる？　しゅーう、夏の雨、夕立っていうのかな、わーっと降って向こうが見えないような、でもわりとすぐ止んじゃうような。先生は言いながら空中に大きく指先ではなまるを描いた。先生の指には絵の具もインクもなにもついていなくてがさがさ白い。まだしんなりしている僕の画用紙の色が先生の指にしみそうに思う。封筒に入っていたもう一枚の絵には記憶がなかった。隅に日付と名前が入った赤い丸い事務ハンコが押してあって、その日付を考えると六年生のときの夏休みの宿題だろうか。クワガタとカブトムシの相撲対決、写真を見て描いたような克明でくっきり縁どられた絵だ。ホワイトボード裏の絵は帰り際に消しておこうと思ったのにその隙がなかった。じゃあまた来週ね、気をつけてね。先生さよーならー。さようなら、カエル鳴いてたよ、雨降りそうだから寄り道しないでね。怒られるだろうかと思いながら翌週行ってもなにも言われず、もしかして気づいてないのかも、しかし、裏側を見ると真っ白になっていた。救急車の音が聞こえ、ひやりとして窓を開けたが音は全然見当違いの方向から見当違いの方向へと移動し消えていった。ネットで調べるとあじさいを復活させる方法がいくつか出てきた。切り口をさらに切って直火で焦げるまで炙るとか、熱い湯につけるとか茎を裂いて中身をほじくり出して空洞にするとか。雨の音がした。降り始めていた。かなり強い。網戸に大きな水滴がついてところどころ欠けていく視界を制服姿の女の子が傘を差さずに走っていく。窓を閉める。音が遠ざかる。あじさいは小さい花のつけ根のところが細く萎びて一つ一つ下を向いて朝よりさらにぐったりしている。花塊全体も額を地面につけるように倒れていく。僕はコップを手に取りあじさいを抜いた。揺れている水の中に黒い丸い眼球が沈んで、多分僕を見上げている。

海へ

いい天気なので海へ行こうということになった。もう秋だから泳げないが、磯遊びというのをしたいと前から思っていたのだと夫が言った。きっと楽しいよ。海辺の岩場で貝とか小さい魚とかカニとかを観察するの、磯遊び。私はそんなのしたことない。俺もない、いい磯遊びスポットがあると夫はスマホをこちらに示した。ほら、磯遊び楽しかった、空いてて最高、親子で大満喫したって。誰が？　あ、フォローしてる人、多分同じ市内に住んでて多分同い年の子供育ててる人。面識はないけど。うちからだと多分車で一時間ちょいくらいのところだよ。子供も海に行きたい海と言った。本当なら夏には海水浴に行きたかった。海水浴が無理でも大きなプールには連れていってやりたかったし、少なくとも田舎のおじいちゃんおばあちゃん家には帰省旅行するはずだった、そうしたら川遊びができた、それがどれも今年はできなかった。去年もできなかった。クーラーの効いたショッピングモールのプレイランドにさえ連れていけなかったし近所でガチャガチャをやるときも最低限しか筐体《きょうたい》に触らないようにと見張り続けていた。サーティワンは急いで車に持ち帰ってても下から溶けてカップの中がずくずくになった。

夏は終わった。暇を持て余す夏休みのテレビではオリンピックばかりが放映されそれが終わったと思ったら夏の甲子園、子供向けに素晴らしい特別番組をしてほしいとはいわないが、夏休みの子供たちのために通常の子供番組を通常通り放送するくらいしてくれてもいいんじゃないか、なんのための公共放送、なんのためのサブチャンネルなのだ、外に出られず、旅行にも行けず、外食すらままならない子供たち、一日中再放送ループでもいい、ミミクリーズ、歴代クックルン、おしりたんてい銭天堂おさるのジョージ……カマキリ先生はあまり好きではない、どうして好きなものを好きだと言うときスタッフや子役相手に怒鳴らないといけないのかわからない。泳いでいいの？　と子供は言った。泳げないと夫は言った。子供はそうだよねという顔をした。もう幼児ではない。泳げないけど、でも波打ち際で足を海につけるとかならいいんじゃないの。じゃあ長靴がいるね。マリンシューズは？　もうサイズが、だってずっと履いてないから。そうだよね……カニとかいるかもよ。それも、小さいカニね？　そう、もしかしたら魚も。あと、ヤドカリとかね？　そうそうヤドカリも。ナマコもね？　うんうん。ウミウシ、アメフラシ、イソギンチャク、ヒトデ？　いるかもいるかも。フジツボとか。フジツボってさあ、食べれるんだよね、ママ知ってた？　んーなんとなく、でも、食べるところ、少なそうだね。夫はスマホを見ながら生臭そう、あと、おいしかったら、養殖して食べるところ増やして売るだろうからそうでもないってことはそうでもないんじゃない。そうだねえ、超おいしくはないけど食べれる、みたいな感じかなあ。子供はパッと顔を輝かせ、ってことはフジツボのおいしさ度、姫リンゴくらい？　姫リンゴはさくらんぼのような、真ん丸で軸が長い赤い実で、夫の父が育てている盆栽の一鉢だった。細い枝にいくつもぶら下がっている実はつやつや赤くおいしそうだった。えっ、これ、食べれるんですか？　食べれるよ、姫ったって、リンゴだもん。じゃあ食べたい食べたい、義母にねだって一粒エプロンでキュッキュと磨いてもらって口に入れた子供は神妙な顔で噛んだ。おいしい？　んー。甘くない。酸っぱい。達《とおる》もこれ、食べてたよねー、義母は笑いながらそばで立ってスマホを見ていた夫に言った。えっ俺？　あんたがマーちゃんくらいのころ、姫リンゴ、おじいちゃんにねだってたの覚えてるよ、あ、おじいちゃんてねマーちゃんのおじいちゃんのお父さんね。だからあんたのおじいさんっ、マーちゃんからしたらひいおじいちゃんね。いまはもう天国だけど。へえ。あ、こちらの盆栽ってお義祖父さんから引き継がれたんですね、お義父さんが。そうよ。まあだいぶ処分したけどね、もとはもう、百鉢二百鉢あってね。えーそれはすごい。道楽ね。それで達が、もう食べていい、まだ食べちゃダメって毎日聞いてさ。まだ緑のうちから、でも勝手に食べないのが達よね、武なら多分勝手に食べて、木、丸裸にしちゃってる……ちゃんと許可をとるのよ、達は。そういう子なの。まあそこが次男っていうか、末っ子よねえ。そんなの記憶にないけどなあ、うっそぉ、武とかは、全然、興味自体がないわけ姫リンゴなんかに。目もくれない。達は普段一番食べることに興味がなくて食も細いし、やせっぽちで私本当にあんたが小さいころは苦労して。それが、毎朝毎日、姫リンゴ姫リンゴまだかまだかーって、覚えてないの？　覚えてないって。佐奈子さんも、どう、食べてみる、おひとつ？　あ、はい、じゃあ。達は？　いらんて。もらって自分のシャツでキュッキュッとして口に入れるとなるほど、皮は薄く軋んで酸っぱくてうすら渋く、でも、奥の方に本当にかすかに甘さというか、甘さの元のような、嚙んでいると甘いと錯覚していくような、あーこれは、あれですねりんごの芯の味ですね。そうそうそうだわ！　芯の味。佐奈子さんいいこと言う！　あはは、でも、芯、捨てるものねえ……。義実家の姫リンゴはもう実っているだろうか、まだ赤くはなくても緑の小さい実がたくさんついているかもしれない。きれいだろう。花もきれいだと聞いた。桜よりもっと白くて可憐な感じのね。春の精みたいなね。あっ、もう捨てたよ、姫リンゴ。盆栽は、全部、去年のうちに。えぇっ、電話で私は思ったより驚いた声を出してしまった。義母は慌てたように、興味あった？　ほしかった？　そうじゃないんですけど。断捨離、だってほら、自粛で暇でしょ？　家の整理くらいしとこうかって、ほら、あたしたち死んじゃってから荷物に困らせたくないの、それで、エイヤっといろいろ。相談せずにいきなりやるんだよなーお袋は。思い立ったら吉日饅頭って。きちじつまんじゅう？　や、なんだろう、そう言うんだよ昔からうちでは。吉日饅頭、語呂合わせかな……あとはなにがいる？　えーと、スコップとかそういうの。オーケー。買い置きしてあるペットボトル、子供は麦茶、夫は烏龍茶、私は緑茶にした。小袋のスナックとグミ、あとはタオル、小さい網、ピクニックシート、除菌ティッシュにアルコールスプレー……軍手もいるかな？　あった方がいいかも。あとは絆創膏、子供の分は念の為着替えも一式、思い立って出かけるまで一時間半と少しかかった。車で観る用のＤＶＤ、英語のにする？　恐竜がいい。図鑑におまけでついていたやつだ。もっと早くわかってたらお弁当作ったけど。サンドかなんか。いいよいいよ、近くにコンビニあるみたいだしママにとってもお休みの日なんだから弁当なんて。そうかな、そうだね。晩も簡単なのでいいからね、帰りにスーパー寄ってあげようか？　そうだね、そうかも……私はいつもよりしっかり日焼け止めを塗った。車に乗って出発する。道には割と車がいる。渋滞ではないがすかすかでもない。休日、朝、いい天気、みんなお出かけしてんだよなー。まだ油断できないのにね、うちらもそうだけど。俺らは気をつけてきたし今日だって人がいなさそうなとこ、選んでさ……だけど世間ではみんな平気で旅行とかしてたみたいだし。ねえ信じられるっ、うちの旦那の妹っ、パート先のロッカールームでトモノさんが愚痴った。夏休みこっち帰るって、大阪から！　私思わず、やめた方がいいんじゃないですかってお義母さんに。お義母さんち泊まるっていうんだから、そりゃそうよ実家だもん、旦那と子供引き連れて大阪からきて年寄りの家に泊まんの。それはちょい心配だよなあ、俺らだって県跨《また》ぎ気にしてもうずっと実家帰ってないのにさ。そうだよねえ。マーちゃんだっておばあちゃんたち会いたいの我慢してるのになあ。でもまあ去年は我慢してくれたんだしねえ、マスクしてくるっていうしねえって、去年のいまごろより今年の方が感染者全然多いのによ、新幹線乗ってくるって、新幹線！　私お義母さんに言ったのよもうはっきり。でも、なんかそういうの聞かない人なのね、うちの旦那に対しても、お義母さんにでもこう、曲げないのね、そういう感じの人なのね。いるよなあそういう人。そういう、女の人。まあ、いるねえ。神秘と興奮の恐竜の世界を冒険してみましょう。私、えーすごーいって言ったのね、とぼけて。リカコさん、もうワクチン打てたってことですよねー？　大阪って、もう三十代がワクチン済んでるんですねー二回目もって。そうじゃなきゃこんな県跨いで移動とか怖くてできませんものねーあんな感染者多いところからって。こっちじゃ八十代七十代が終わったかどうかってとこなのにねえお義母さん、うらやましーい、リカコさん二度もワクチン済んでるのうらやましーいっ大阪すごーいって、もうおーおげさに。でも、こっちじゃ私も旦那もワクチンいつになるかわかりませんから、まだ接種のご案内もいただいてませんから、だから私たちお会いするのは遠慮しますねって。お盆にはおばあちゃん家に行くでしょ普通だってすぐ近所に住んでるんだから私たちはお線香あげに。行かなかったの。嫁いで初めて。あっ、なんか死んでた？　たぬきかな、まあ俺らでも出張控えてリモートにしてるくらいだしね。その人もリモートで顔見せればよかったんじゃないの？　どうだろう、そういうことじゃなかったのかも。あ、で、私も夫の兄一家が大阪にいるんですけど。え、そう？　そうなのね。でももうずっとお互い行き来なしで、テレビ電話とかで。ねーっ、そうでしょ、それが普通、それが普通の感覚よ。ユニバーサルスタジオジャパン行きたい、また行きたい。ね、前行ったときはマーちゃん小さかったもんねえ。そうだ、本当は今年の夏は大阪に行ったってよかったのだ。義兄一家とユニバーサルスタジオジャパン、前回子供はまだ乗れるものも乗りたがるものも限られていて、しかも並ぶし、楽しいより疲れて大変だった。大阪、海遊館、天王寺動物園、万博公園、串カツ、お好み焼き、551、モナちゃんと遊びたい。プラレールかあ、トキくん、プラレールいまもしてるかなあ。うん遊びたいプラレールしたい。遊びたいよねえ、トキくんとも遊びたいよねえ。えーしてないの？　どうだろう、プラレールって、何歳くらいまでするっけ。それは人それぞれだろうけど。プラレール、したいよねえ。うんしたい。パパもしたい。車窓は気づけば徐々に見慣れないものになっていき、しかし全く見たことがないわけでもなく、なんどかどこかもっと遠くへ行くときに通ったことがあるなという感じ、カレーのココイチ、もう小渋滞ができているマクドナルドのドライブスルー、新しい家族葬と書かれた白っぽい看板、今日は高速道路は使わない。ガギャー、と声がする。なんとかサウルスが狩りをしています。狙われているのはなんとかラプトルの卵、あっ危ない……私は動いている車内だと酔うので画面は見ない。子供は酔わないたちらしく、黒目に画面が四角く青白く映っている。車窓に遠く灰色の海が見えた。お、海。ほんとだ、海海。車が進むと海は見えなくなりまた見えて、船、小さい島、海沿いに大きな工場がある。高いクレーンのようなものがゆらゆらしている。首長竜、子供は多分そんなに恐竜が好きではないが、また家には他にも昆虫や動物などの図鑑についてきたDVDもアニメのDVDもあるのだが、なぜか遠出のときはいつも必ずこの恐竜のを選ぶ。あっ、ビニール袋とかもいるんじゃない？　持ってきてるよ、透明のと持ち手つきのと、ジッパーつきのもいくつか。さすがだね、ママ、さすがだね。信号待ちで停まった。道路脇の自動販売機型の精米ステーションに行列ができている。お互い距離を空けて五組くらいの人が待っている。なんだろう、なにがあるんだろう。やっぱり精米したてはうまいっていうから。うちも実家は精米機あったし。うるさいんだよねあれ……多分もうそろそろこの辺なんだけどと夫は言ってコンビニの駐車場に入り、安心の前入れ、と言いながら前進駐車した。結婚前から、出会ったころから、夫はいつも車をバックさせずに駐車するときにこう言う。磯そのものには住所がないというかわからない。海は多分あっち側だから、ゆっくりうろうろ走ってみようか。あ、ここでトイレしとこうよ、マーちゃん行こう。いまいい、と子供は言った。いや、でも。ううん、でも。えー。じゃあいいじゃん、行きたくないって言ってるんだし。私は行ってくるよ、ついでになにかいる？　俺はいい。お手洗いが清潔だったのでほっとしてアイスコーヒーの小さい方を買った。機械がガリガリ鳴って、すぐにブシュウと熱いコーヒーが泡だらけで出てくる。いい匂いというには濃すぎる匂いがする。抽出を待ちながら肉まんのケースを眺めている私にレジをしてくれた女性の店員さんが、いまコロッケと春巻きがお得ですよと言った。コロッケと春巻き……コンビニで春巻きなんて売ってたっけ。結構、おいしいのよここの春巻き。ここのっていうかうちのか。うちの春巻きってでも、変ね、私が作ったみたいね。はは。おかずになる味で。おかずになる味ですか。便利よ。今度買ってみますね。ねーぜひ。たけのこいっぱい入ってる。おかず作るの、面倒臭いもんねえ、毎日。ねえ、あはは。アイスコーヒーちょっといる？　夫はうんもらう、と受けとってズズッとかなりの量を吸って、あ、やっぱ俺もトイレ行こう、ねえトイレ、パパとなら行かない？　行かない。視線はＤＶＤの小さい画面に吸いつけられている。繁栄を極めた恐竜たちがなぜ絶滅したのか。それは地球史上最も大きな謎のひとつでしたが、現在ではほぼ解明されています。じゃあ、行ってくるから。子供の隣に座ってコーヒーを吸う。車が動いていないから画面を見ても大丈夫だ。さっきの匂いはもう遠ざかっている。宇宙からＣＧの隕石が落ちて気温が下がり恐竜たちが絶滅していく。哺乳動物が台頭する。子供がやっぱりトイレと言った。え？　もう……私は濡れたコーヒーのカップを片手にチャイルドシートのベルトを外そうとし、チャイルドシートの底がシートベルト金具に載っていてうまくいかず、そうだ後部座席にドリンクホルダーがいるから買ってつけようと思うのに毎回忘れる、と思いながら両膝にプラスチックカップを挟んでチャイルドシートの台座をずらそうとしていると力が入ってコーヒーまじりの氷が上から飛び出してきそうでああもう、夫が戻ってきて手には私が買ったのより大きいアイスコーヒーのカップと白い紙で包まれたものがあって、あ、これ安いって言うから買ったよ、熱いよと私にくれようとするのでいや待っていまこれ外そうとしてるからトイレ行くんだってやっぱり。まじかー。夫は運転席に座ってマスクを顎にずらすとコーヒーをちゅうちゅう吸い、私がようやっとシートベルトを外したのを見ながら早く言えよー、と子供に言い、で、それなに春巻き？　もわっと油の匂いがしてうんコロッケ、熱いうちに、俺一個食べよっと。二人のもあるから熱いうちに戻っといでね。

あ、ここじゃないかな、ほらこの感じ写真で見た、ここだここだここだ！　民家が並ぶ狭い道路の先に灰色の古そうな防波堤が見えて、海だ、海だ！　防波堤の手前に駐車スペースがある。薄らいでいるが白い枠線が見える。その一番防波堤に近いところに白いバンが駐車してあった。先客かな、まあ仕方ないよ。タイヤがギシギシ鳴った。安心の前入れ。よーし、磯だ！磯だ！　夫は勢いよく車を降りた。私も降りた。子供も降りた。靴の下がジャキジャキした。粒の小さな砂利、割れた貝殻が舗装道路の上にたくさん落ちていた。子供がしゃがんでそれを弄《いじ》り始めた。危ないものではなさそうだったのでするにまかせた。夫は海だー、と言いながらずんずん防波堤に行った。小さい防波堤だった。高さも一メートル半かそれくらい、一箇所途切れているのは浜へ降りる階段になっているのだろう、そこから灰色の海面が見えた。日常サイズの海というか町内に紛れこんだ海というか、穴場に見えた。浮ついていないたたずまい、泳げはしないが、なんというか、もっと海がきれいだったころ、ちょっと早起きして浜辺へ降りて貝を拾っておかずにするような、そんな時代があったのかどうか知らないがそんな海、防波堤から細い路地を挟んで並ぶ家々はほとんどが平屋で少し古びている。ところどころにある白い新しそうな二階建てが目立つ。醬油とだし汁の匂いがした。潮の匂いもかすかにした。海の近さを思うと意外なほどかすかだった。あれえ、と夫が言った。防波堤から身を乗り出している。なに！　子供が立ち上がり駆け寄った。私も従った。防波堤から下を見ると浜へ向かうはずの階段は途中から水に没している。コンクリにくっついて乾いたぼつぼつ、あ、フジツボだ、フジツボが小さい波というか、海面の上下に合わせて出たり入ったりしている。磯、浜、陸地はなかった。防波堤からすぐ海、すぐ水だった。夫と私は顔を見合わせた。海、海だね、海……え、本当にここ？　多分、サイトで見た駐車場の写真とかも。この下に浜っていうか磯があってそこに小さい魚とか貝とかが……水面はとぶとぶ緩やかに波打っている。防波堤と白バンの間に、座るところが布で背もたれのない折り畳み椅子が二つ置いてあった。防波堤には釣竿が立てかけてあった。人はいない。白いバンの中にも多分人影はない。釣竿は等間隔に三本あった。椅子と椅子の間にクーラーボックスがあり、蓋の上に上面が金色の缶コーヒーが置いてある。飲み口は開いている。子供が海だーと言った。海だね。海だね……少し濁っているが陽が当たるところはふっと深いところまで緑に透けて海藻がゆらゆら、岩のようなものも見える。光が網状になって揺れる。その網の隙間を黒い魚影が横切った。大きい。見た？　見えた。ざくざく音がした。防波堤沿いの細い路地から帽子をかぶって鮮やかな黄色いポロシャツを着たよく日焼けした小柄なおじいさんが歩いて出てきて立ち止まってこちらを見た。マスクをしていない。「なにしよるん」あっ。手に四角い透明なタッパーを持っている。お弁当、茶色い炊きこみご飯らしいものが透けて見える。醬油とだしがまた空気に匂った。いや、あの、夫が口籠もった。私は子供がマスクをしているのを確認した。ちゃんと鼻も覆えている。「なんか用？」いえ、あの、……このあたりで、磯遊びができるような、海って、磯って、ありますかね。「イソ？」あの、貝を拾ったりとか小さいカニとか……「いまは無理。満潮だから」満潮……夫がうめいた。満潮、満潮と干潮、満潮には海は満ち磯も砂浜も水没する。だからこそ、干潮時に磯の潮溜りにはとり残された海の小さな生き物たちが……「まんちょう、ね？」満潮はハイ、知ってます……「満潮のときは降りられない、これからもっと、水がくるから」これからもっと。「今日は昼過ぎが満潮、いまどんどん、せりよるところ。海は上がったり下がったり、満干」みちひ、かんまん、あー……なるほど。「だから今日は、この辺の浜はどこも満潮……調べてくるんだよ、スマホで。新聞にも載ってるけどいま若い人は新聞とらないってね。砂遊びしたいなら、ビーチへ行ったらいい」ビーチ？　ああ海水浴場……「あっちなら満潮でも遊べる、ビーチだから」黄色いポロシャツから伸びる首が太く硬そうなおじいさんは簡易椅子に大きく股を広げて座りながら「わしは行ったことないけど、ビーーーチ！」海水浴場、とか砂浜、とかではなくビーチ、という単語を選び、ことさら引き伸ばして発音する口調に蔑みめいたものを感じたが、おじいさんの表情は明るく優しそうで、単に面白がっているだけかもしれない。蔑まれたとしても仕方がない。あまりに愚かな、それはそう、私たちが調べておくべきは最寄りのコンビニとかではなく、もっと普遍的な、当たり前の、自然の摂理を、というかそうか海水浴場は満潮でも遊べる、それはそこが海水浴場だからだったのか、ビーチ……じゃあここも、満潮じゃなかったら、磯なんですか。「そりゃそうよ。そりゃそうだよ、ここから沖の方まで、ばーっと見えて」子供が私の手を引いた。あそこ、降りてみる。海への階段を降りたいらしい。え、でも、海しかないよ。海でいいよ、海に行こう。私はおじいさんに会釈して階段を降りた。幅が狭いので子供と一段ずつずれて降りる。階段は上から五段目までで水没していた。子供は四段目に座った。私は子供の襟首を摑んで三段目にしゃがんだ。もしここで子供がころんと海に落ちたら私は助けられるだろうか。夫は助けてくれるだろうか。ひたひた水位が上下している。立って見下ろしたときより、水は完全に透明できれいに見えた。魚。子供が指さした。ほんとだ。なんの魚？　わかんないな。水きれいだね。きれいに見えるよね。夏なら泳げる？　ここじゃだめだけど、ビーチなら。海水浴場なら。行きたいな。行きたいね、その日は海辺の旅館に泊まる予定で、海にいたのは私の母と伯母と私と弟と従兄と従妹だった。誰？　だからママのお母さん、だからマーちゃんのおばあちゃんと、おばあちゃんのお姉さんとその子供たち。んー？　マーちゃんも会ったことあるけど、覚えてないかな……んー。あとはママの弟、孝敏おじちゃん。あー、おじちゃん元気？　多分ね。父と伯父は旅館で多分お酒を飲むか寝るかしていた。昨日までお仕事で、今日は朝からずっと運転して、疲れてるから休ませてあげないとと説明する母と伯母はしかし少し苛立っているように見えた。一人だけ中学生の従兄はお前らといてもつまらないと一人で浮き輪を膨らましさっさと海に入って向こうに行ってしまった。流されないでよ、と伯母が言った。伯母と母はコカコーラのロゴ入りの赤白の縞模様の貸しパラソルの下にいた。海水浴場は空いていた。私たちの他に、大学生だろうか、若者のグループが一組いるだけだった。もしかして宿のプライベートビーチとかだったのだろうか、それにしてはなんというか雑駁な、うすら古い感じの浜だった。私と弟と弟と同い年の従妹は波打ち際で遊んだ。波が引いた下の砂を掘るとさくっと穴が空き、すぐにその縁が溶けたように崩れて水が溜まって世界が映る。覗きこもうとしているとまた波がきて穴は消え平らになる。それが魔法のようだった。ときどき少し大きな波がきた。私は水に入ったが、弟と従妹は怖がった。無理に誘うと弟は泣いた。怖がりなんだね。そうだね、そうだったね。顔をつけると口を閉じて息を止めていたはずなのにとても塩辛かった。きゃあきゃあと、若者たちから別世界のように艶やかなはしゃぎ声が聞こえた。ハイビスカス、椰子の葉などのパレオを腰に巻きつけた若い女の人たち、沖というほど沖でもないあたりに浮き輪で浮かんでいる従兄がチラチラそちらを見ているのがわかった。男の人たちは野太い奇声をあげながら海に頭から突っこんだり母らと同じ赤白パラソルの下に寝そべったりしていた。パラソルの下の母たちは顔が影になっているがこちらを見ているのはわかって、目が合うと手を振ってくる。私はしばらく腰くらいまでの深さのところで一人で水に頭をつけたり出したりしてから、弟たちとは少し離れたあたりにしゃがんで貝を拾った。がちゃがちゃした、黒やえんじ色の割れやすいとても薄い別にきれいでもない貝が目立つ中に小さい巻貝があった。すんなりして、どこも割れたり欠けたりしていない。白っぽく、紺色の淡い模様が入っている。ひとつ拾うともうひとつ見えた。目が慣れるとたくさん見えた。白と紺色の割合、模様の掠れ方などがひとつひとつ違っていた。私は手に持てるだけ拾って母と伯母のところに行った。袋ない？　あらきれいな貝殻、待ってね、伯母が持っていたバッグを探り、飴の袋をとり出すとバッグの上で逆さにし空にして私にくれた。色とりどりのフルーツ味の、直方体の小さい飴が二個ずつ小袋に入っている飴だった。キューピィロップ、いまもあるよね。あれおいしいよね。うん、きれいだよね。ああっもうお姉ちゃん、そんな飴バラバラに、雑に。母が笑った。バッグがぐっちゃになるよ。いいのよ、どうせ食べちゃうし……食べたいと言うと伯母は上向いて口開けてと言って中身を私の口に落としてくれた。二粒、何色だった？　えー、ピンクと緑かな？　いちごとマスカット、あるいはメロン、とにかくなんらかのフルーツの香りがして四角くて甘い、口の中で二粒がカチカチぶつかる、唇の塩味もする、私は伯母がくれた飴の袋に拾った貝殻を入れてまた波打ち際に戻ろうとした。アッと声がして、見ると、従妹が波をかぶりながら後ろ回りでもするように海に転がりこんでいくところだった。えっ、本当？　うん本当。伯母と母も息を呑んだ。弟が棒立ちになっている。若い男の人が素早く走り寄り、灰色の水面にとぶとぶ沈みかけていたピンクの水玉模様の水着の従妹を抱いて掬いあげた。ぱっと水が散って男の人の頭にかかった。ワーッ、若い女の人たちが拍手をした。ケンジクーンッと高い声がした。ぱちぱちぱち、ぱちぱちぱち……弟がウワーッと泣きながらこちらに駆け寄ってきた。伯母がよろよろ立ち上がり、膝に載せていたバッグが落ちて虹柄のビニールシートに赤茶色の巨大なお財布が落ちてゴトっといった。コンパクト、交通安全お守り、飴の小袋も隙間から落ちてぱちぱち、まあまあまあ、母も立ち上がった。手足がひょろりとした男の人が水を垂らしながらこちらに近づいてきた。従妹を抱くというか捧げるように持っている。両手足をきゅっと丸めた従妹は幼虫のような格好で目を見開いて男の人の顔を見ている。男の人の額が水に濡れた硬い黒い髪の毛で覆われている。目に海水が入るのか目を細めたり眉を動かしたりしていた。子供が海に向けた顔を手で擦った。目、掻かないよ。目、掻いてるんじゃないよ。ありがとうございますっ、と母か伯母が言った。いえいえと男の人が言った。すいません、ありがとうございます。従妹は目を見開いて男の人を見上げ続けている。まつ毛が長い。多分私の二倍は長い。私たちの方を見ない。どうぞ、男の人が腕を伸ばして伯母に従妹を渡した。そのとき濡れて皮膚にくっついていた脇毛が広がってぱかっと裂けたのが見えた。肩のすぐ下あたり、半袖と袖なしの中間の位置に日焼けの境目があった。濡れていない伯母の水着の胸に抱かれた途端、従妹が泣き出した。真っ白い鼻水がぶるんと出た。すいません、すいません……いいえ全然。男の人は顎に手を当ててそれをそのまま頭皮まで撫であげた。水滴が散った。広い額と太い眉毛が現れた。波がね。波が急にちょっと高くなったもんだから。お嬢さんが後ろにクルリンコと。すいません、すいません……いいえ本当に無事でよかった。それじゃ！　男の人は片手をあげると仲間たちの方に駆けていった。一度静まっていた拍手がまたワーッと起こった。やるじゃん、やるじゃん、ケンジがヒーローじゃん。母は浮き輪を腰に引っかけふらふら岸に上がってきていた従兄を手招きすると、急かして体を拭かせ一緒にすぐそばの我々が泊まっている旅館まで走って、戻ってきたときは両手に瓶コーラを抱えていた。母は若者たちに駆け寄ると、こんなものじゃ、あの、全然足りないんですけれど……アッ、いいのに、いいのに！　あの、みなさんもうハタチすぎておられます？　だったら、あの、ビールかなにか……いいんですいいんです本当、これから運転して帰りますから。当然のことをしたまでです。本当にお嬢ちゃんが無事でよかった。逆にどうもすいません。いただきます。……どうしよう、お金渡したっていいくらいだけど。でもそれじゃああんまり。受けとらないでしょ、普通。大学生かな。社会人じゃない……コーラなんて。他になにかなかったの。干物だなんだ、おまんじゅうだの、渡したってさ……ポテトチップスってわけにも。だから、おまんじゅうの箱に、いくらか包んで入れてさ……そんなの。そんなこと。逆に下品じゃない……従妹はぐずぐず泣いていたが、突然キッと顔をあげると私もコーラを瓶で飲みたいと言い、そうだよ俺も飲みたいと従兄が口を尖らせ、なに言っててんのもとからあんたがこの子たちちゃんと見てくれてれば……そんなの知らねえよっ、親が、女親が二人も、いてさっ……お父さんとお兄ちゃんこっちに引っ張り出しとくべきだったわね。酔っ払いが海になんていたら余計荷物よ、助けようったって溺れるのがオチ、そしたらあのお兄さんたちでも助けらんない。でもさあ、この子でよかったよねえ。あたしたちじゃあ、溺れたって助けてもらえない。佐奈子でもどうだろう、ぎりぎりね。あんなふうにひょいってわけには、いかないよねえ。そのときママいくつ？　どうだろう、マーちゃんくらい？　もうちょっと大きかったかな……私たちもコーラを買ってもらって飲んだ。瓶のコーラは初めてだった。瓶の口が分厚い。思ったより量が少ない。薄緑の瓶がきれいだから持って帰ると言ったが母が邪魔だからダメと言った。私が拾った貝は貝殻ではなくまだ中身が入った生きた貝だったらしく、後日母に捨てたわよと言われた。車の座席の下からくちゃくちゃの飴の袋が出てきてさ、中に黒い汁がたらたら溜まっててもう、臭くて。あんたも自分で拾って持って帰ったんならちゃんとしといてよね。貝もかわいそうに煮えちゃって。子供が、あ、あ、と空中を指さした。光ってる。指をさす、空というには低いところ、透明な細い筋が走っている。三本平行して、あれは立てかけられた釣竿から防波堤を越えて伸びてピンと張って海に落ちている釣り糸だ。海水はこのわずかな間にもせり上がってきている気がした。私は子供の襟首を摑み直した。「そうこのごろ多い。コロナのせい。コロナ禍の、遠くに行けないからみんな海にくる。ビーチで釣りする。家族連れで」おじいさんの声が頭上から聞こえる。ピーと音がした。ブシュンと車のドアが開閉する音もした。「どうしました？」ジャリ、ジャリと足音、低い、いい声が聞こえた。バンの中に人がいたらしい。「この人が海で遊びたい言うんで、いま満潮だから無理だ言うて」「そりゃー、無理でしょう」いい声の人が言った。バリトンというのか、深くて伸びのある声だ。「ビーチへ行ったらいいですよ」「それいま、言った、言ったん」「ビーチね、子連れで投げ釣りが流行ってますよ。三密を避けるためでしょうね」「それももう、言った」「ビーチはここを少し戻る感じに行ったところにありますよ。駐車場も広いしトイレもきれいだしコンビニも近いし便利ですよ」ええ。「たっくん、行ったこと、あるんか」「あるよ、何度もある」「なにしに」「犬、連れて、朝」「ああー」「ビーチ釣りは朝が遅いですから。僕の犬、泳ぐの好きなんですよ。犬、犬かきをしますよ……だからね、ビーチへ行くといいですよ、満潮でも」干潮なら、遊べましたかね、ここで。「どうだろう……あまり見ないですけど、子供さん連れて、貝殻が多いから切ったりしないか心配かもしれない。でもまあ、遊ぼうと思えば人間、どこでもね……」溺れなくてよかったね。え、ママの従妹の人？　うんそうね、それは本当にそう、海で溺れたら大変、波があるから。もう戻る。子供がそろそろと立ち上がった。子供が足を載せている段の少し下まで水がきている、本当に水は満ち引きしている。子供の襟首は摑んだままでまたゆっくり階段を登っていった。おじいさんの隣にいるのは髪の毛が一本もない恰幅のいいおじさんだった。白いジャージ、黒い不織布マスクに細いミラーサングラスをかけている。私は会釈をした。おじさんは会釈を返してくれて「今度は満潮、ちゃんと調べてきたらいい、ネットですぐ検索できますよ」「それもわし、言った言った」「今日は全部言われちゃうんだなァ……」アハハハハ……おじさんとおじいさんは笑った。一緒になるとおじいさんの声までいい声に聞こえた。おじいさんが持っているタッパーの中の茶色がぶるっと動いたように見えた。あの。それなんですか。私が尋ねると、おじいさんは笑うのをやめて一瞬口を開けて私を見てから「これ？　タッパの？」うなずくと二人同時にエサと答えた。「生き餌、おがくずに入れてるの」おがくずに……「見る？」あ、いいです。私たちはお礼を言いながら車に戻った。車内はコンビニの油の匂いがした。いやー参ったね。うん。行ってみようか、ビーチ。そうだねビーチ。満潮、満潮なんだよ……広い白いビーチは満潮でも浜があった。確かにたくさん親子連れがいた。海に突き出た足場から釣り糸を垂れている人もいるし砂遊びをしている人もいる。大人はみなマスクをしている。私たちは砂浜に小さい穴を見つけて掘った。カニか貝の巣だと思ったが生き物は出てこず、掘り進めていくと白いサラサラの砂は黒いごろごろした石混じりの土になった。人工なんだな。人工？　作り物。だから、本当はここは多分、こんな砂浜じゃないんだね。ダックスフントがお腹と赤いリードを砂に擦りながら走っていた。待ってー、と中学生くらいの女の子が追いかけていた。犬が少し怖い子供ははっと私の手を握ったが、ダックスフントはこちらには目もくれず長い真っ直ぐな白い砂浜を一直線に横切っていく。私は子供と貝殻を拾った。和柄の布マスクが落ちていた。夫は海水浴場のトイレ脇にあった自販機で買ったリアルゴールドを飲みながら海を見ている。人工の砂浜に落ちている貝殻はどこかからきたものなのだろうか。まあまあきれいな貝殻もあった。巻貝、平たいの丸いの、子供が拾う貝を選んでいる。一度拾ったものを落としたり落としたものをまた探したりしている。ときどきなにかの骨格の一部のように見える乾いた白いものもあった。なんだろう、魚の骨、サンゴの死骸、イカとかタコのなにか、なんだろうね、わかんないけど、生き物のなにかだね。こっちはゴミ。プラスチック。海藻のかけら、丸く膨らんだのを押すとプチッと潰れて海水が飛び出した。海楽しかったねと子供が言った。帰りの車でも恐竜のＤＶＤを流した。楽しかったねと私も言った。二人が楽しかったんならよかったと夫も言った。次は本当の海に行きたいね。

種

地面が光っていると思ったらハンミョウだった。私がそれを子供に告げようとしたのと同時に夫が「ハンミョウだ！」と叫んだ。もう痛みではない重さのようなものが下腹部にあった。月経四日目、山は越えているがまだ正常ではない、正常ではないというかしかしそういう状況が、月に数日間続くのが常ならそれはもう、正常の範囲と思うべきかもしれない。どこ？　ハンミョウ、どこ？　子供は見当違いの方を見た。幼いころからこの子はこちらが見ていたり指さしたりしているのとは全く違う方を見てどこどこ言う。こちらを、いつも、見ているようで全然見ていないのだ。夫がスマホで撮影しようとした。「むずいなー！」ねえ、どこ、見たい、どこ？　「ほら、ここ、ママの指見て、まずママの指を見てまず。そう、で、ほらそこからまっすぐ地面を見て」あたりは少し草が生えているが、基本的には砂まじりの地面でハンミョウは目立った。写真やテレビの印象よりずっと小さい。その小さい背中に、黒というか紺色の地色、緑や赤や黄色が並んだ複雑な模様が光っている。白インクを飛ばしたような点々が鮮やかで、全体が金属質の、子供のころロールシャッハテストをやった、あんな感じに、多分これは左右対称なのだ。長い脚が途中でキュッと曲がっていて、シルエットはちょっと蜘蛛っぽさもある。あー！　これ？　子供は飛び跳ねた。「わかった？」きれい、きれい！　ツッとハンミョウが跳んだ。跳んだというか飛んだのか、ふーっと水平に、バッタのようなああいう脚バネを感じさせない動きで少し先の地面に降りた。近づくと飛んでまた止まる。私たちの他は誰もいない。ここは公園の中の小さい広場というか空き地で、山の中にある。地形を生かした広い園内には林の中の遊歩道とかお花見広場とかがあって、上の方には展望台もある、らしい。それなりにちゃんとした憩いの場のはずだが、そして今日は天気のいい休日なのだが、人の気配が全くしない。広い駐車場にも他に車はなかった。駐車場の隅っこに、銀色のカバーで覆われた自転車らしいものが一台横倒しになっていた。「ミチオシエって、いうんだよね」夫が言った。「山道とかでさ。ちょっと先を行って、近づいたらまた飛んで先に行くから。道案内してるみたいでしょ」本当だ！　ママ、ミチオシエだって！　うん、うんと頷く。私もなにかで読んだことがある。素直にそんな道案内に従っていたらしかし、山で遭難しないだろうか。

夫は子連れであちこち、主に野外の遊び場に行ってそれをSNSにアップするのを好んでいる。子供の顔は絶対に写さない、私については体のどの部分も写さず存在感すら消し去ることだけは頼んでいる。感染症のことがあって、子連れで野外遊びの情報というのはむしろ需要が高まったらしくもともと皆無に近かったフォロワーが増えたと喜んでいる。「だからコロナもさ、悪いことばっかじゃないんだよね、逆に儲けてる会社はいっぱいある。要はさ、運なんだよな、未来に自分がちょっとでも運がいい場所にいるように、いま知恵を絞って努力して、それでもダメなら諦めるしかない」夫の職場も、一時期リモートワークになって混乱したし消失した取引先もあったそうだが現在それなりに安定しているという。「だからそれは、社長とか、もちろん俺ら社員もね、努力したんだよ。でもやっぱり運もある。業務自体だけじゃなくてさ。感染拡大する前に社員に陽性者でも出してみ？　地域の戦犯だよ。石投げられる。でもそれって、だから、運じゃん」「感染症にかかっちゃった人に石投げる方がどうかしてない？」「そうだけど、でも、人間ってそういう正論じゃ御せない存在なんだよってことがわかったろ、コロナで」夫はスマホを手にハンミョウを追う。近づくと飛ぶ。ハンミョウが飛ぶ様子は光の粒のようで、そして音など出ていないのに鈴かなにか鳴っているような感じがする。子供はもうハンミョウに飽きてしゃがんで地面を見ている。これなんの実？　子供が私に見せた。焦茶で丸い、ドングリとかクリではない。私はマスクをずらして口を開けた。マスク越しではさほどとも思わなかった土のにおいがした。湿っていてほの冷たい。「なんだろうね」見上げると、この空き地を取り囲むように暗緑色の木が生えている。艶のある葉っぱは見覚えがあった。「椿だ。藪椿かな」やぶつばき。「潰したら油が採れるよ」椿なら毒はないはず、椿油は肌や髪に塗る、確か食用にもなったはず。思わず大きく足を広げてしゃがんでいる子供の股間を凝視してしまう。え、じゃあつぶしてみて？　「無理だよ」子供は二つ三つと拾ってカチカチ打ちつけている。乾いているがそこまで硬くない音がする。本当にこの実が椿なのか不安になる。花はない。庭とかの椿は冬に花が咲く、ならそれが秋に結実なんておかしくないか……「ねえ、お腹痛くない？」いたくない。「うんちは？」したくない。「だからー、大丈夫だって」夫が言った。目をスマホ越しにハンミョウに向けたまま「自然に出るよ、種なんて」

三日前、仕事の都合で実家の母に子供を頼んだ。私は在宅仕事をしている。納期が重なり、丸一日仕事に集中して間に合うかどうか、夫はもちろん休めないと言った。悪いけど。母は車で二十分ほどのところに暮らしている。頼めばいつも快く預かってくれるが、だからこそ、なんというか甘えすぎてはいけないような、でもこれは甘えなのだろうか、親孝行孫孝行、仕方がない、収入がアレしたら子供のためにもよくないし親孝行もできない、必死で作業していると電話が震えた。母からだった。「ごめんねえ、お仕事の邪魔しちゃって」キーボードを叩き続けていた手首がじんじん痛み、スマホはやたらに熱くて重い。「どうしたの」「サクちゃんが種を飲んじゃって」「たね？」「スモモの種」おやつにスモモを出した。丸ごと齧《かじ》りたがったので丸ごと出した。おいしいおいしいと喜んで食べたが、最後、皿の上になにも残っていなかった。種はと聞くと飲んじゃったと答えた……「スモモの種って、どんなんだっけ」「え、あなた好きだったじゃない。季節には毎日……あのねえ、桃の種をもうちょっと小さくしたような。いい梅干しの種くらい」「いい梅干し」「で、硬い短い毛が生えてて」「毛」スモモ、「桃みたいってことは、先が尖ってる？」「そうなのよ！」母は言った。「私もね、飲みこんでケロッとしてるから平気だろうと思ったんだけど。先っちょ尖ってるのがお腹に刺さったら、痛いよねえって思ったら心配で」「え、様子はどうなの、サクの」「元気よ」母は言った。「どこも痛くないし苦しくないって、元気に遊んでる。いまレゴしてる。大作」「病院行く方がいいのかな」「いまお父さんが電話してる。トンノさんに」私が子供のころ通っていた古い小児科、看板に豚の看護婦さんの絵が描いてあって、だから豚野かと思っていたら漢字で書くと富野だったので大人になってから驚いて、前に子供が実家で吐いたとき両親が連れて行ったら私を診てくれていた先生がまだ現役で……「アッ、大丈夫みたい」母が言った。「指でオッケーしてる。え、替わる？　シホちゃん、お父さんが替わるって」「もしもし」父の声がした。「いま、小児科に電話したんだが、喉に詰まって窒息さえしていなければ大丈夫だそうだ。自然に排便されるそうだよ」「お腹に刺さる可能」「小児科に連れてきてもらっても、いまアールエスウイルス大流行中で、むしろ菌をもらって帰ることになるかもしれませんからとのことだ」「あ」「痛がったり苦しがったらすぐ病院へその場合は救急でも構わないとのことだったが、その可能性は低そうだよ」「そう……」「お母さんが動転して電話して悪かったね。大変なんだろう、安心して仕事なさい」「うん……」ちょっとお父さん、と声がして母に替わり「すごいよ、サクちゃん、なに作ってるのって聞いたらあしたのおうちだって。あしたのおうちよ！　未来のおうちっていう、意味なんだって。すごい、言葉の力、発想が……え？　ああはいはい、そうね、ごめんごめん邪魔ね。なにかあったら知らせるからね。なんならサクちゃんには夕ご飯食べさせといてあげるから、知らせるのよ」電話を切った。暗くなっているパソコンのディスプレイを明るくすると作業中の画面が浮かび上がったが、それが一瞬なにを意味するのかわからないような、自分とは関係ないもののような、私は新しいウインドウを開き『スモモ　種　誤飲』と検索し出てきたサイトをいくつか開いた。飲んだのが危険物ではなく、喉や食道に詰まって窒息さえしていなければつまりすっかり飲みこんで胃に到達してさえいればあまり心配しないでいいようなことが書いてあった。父の（小児科医の）言う通りだ。種を飲みこみ緊急処置！　という見出しを慌ててクリックすると動物病院のサイトで種を飲みこんだのはトイプードルだった。プラム（そうかスモモはプラムか）の種には毒があるといっているサイトがあった。プラムの種を摂取すると致死的猛毒が発生しうる、が、大量に食べなければ大丈夫……一粒でどうこうということはないらしい。口の中で転がしていた架空のスモモの種の尖ったところがりっと口内を擦った。私はトイレに行った。尿意も忘れて作業していた。スモモの種は桃のより小さく、いい梅干しのより多分細く、その分だからより鋭い気もする。それに喉に引っかかって窒息しうるなら、喉くらいの細さの管なら消化器内でも詰まりうるのではないか、本当に大丈夫なのか、詰まって流れが堰き止められる、引っかかって尖ったところが粘膜を裂く、裂けないまでも傷、炎症……そりゃ小型犬よりは大きいがでも、やっぱりまだ子供は子供で、爪を切ってやっているとき、まだ乳歯が多い口の中を仕上げ磨きしてやるときなど、その、いつ触ってもちょっとペトペトしている手指のあまりの細さと芯がないかのような柔らかさ乳歯が抜けた隙間の狭さなどにゾッとすることがある。身長体重知能、体の各部位、語彙、行為、それぞれの成長の進度や度合いは均一ではなくて、一人の子供の中でも子供それぞれでもまた一日の中でさえ違っていて、だからこそ、いろいろなことが面白く愛おしいのだが、そんなことはだから当たり前ではあるのだが。私はトイレットペーパーで股を拭いた。薄赤くなった。月経、あああと思う、そろそろとは思っていたが今日か、いまかそうか、私は便器に座ったまま体を捻り背後に置いてあるケースから使い捨てパンツタイプのナプキンを取り出しズボンと下着を脱いではいた。大人用おむつ的な、お尻から前まですっぽり覆う、本来は夜用で、一枚あたり割高だがどれだけ仕事に集中しても疲れ切って寝転んでも経血が溢れ出ないのは安心だ。その上からズボンをはき、脱いだ下着がまだ汚れていないことを確認し洗濯機に入れ台所で鎮痛剤を二錠飲んでパソコンの前に座った。どれだけ薬を飲んでいても痛みはゼロにはならないしだるさはある。それらの波が来る前に作業をと思いまた暗くなっていたパソコンにパスワードを入れるとさっきまで見ていたプラムの種に毒⁉　という文字が光って見えてあああ、そうだ種。本当に大丈夫なのだろうか。私はそれから体内に入った食品が便として排泄されるまではどれくらいかとか（サイトによってばらつきがあったが大体二十四から七十二時間）、飲みこんだら危険なものとか（タバコ電池磁石薬殺虫剤吸水ビーズ豆類、尖ったもの……）詰まったとしたらどうなるのか（消化管異物、気管支異物、腸閉塞）、危険な誤飲の症状（嘔吐よだれ咳きこみ発語不能チアノーゼ発熱……）元気なら大丈夫、簡単に飲みこんだものは喉や食道に詰まってさえいなければ簡単に出てきます……夫にLINEをした。既読がついたが返信はない。いらいら台所に立ってお湯を沸かし生姜茶を作って飲んだが飲み終えた時点で下腹部がじわじわ重たく痛み始めていた。長年つき合っているから知っている、この次には倦怠感と猛烈な眠気、私は冷蔵庫から栄養ドリンクを出して飲んだ。さあっと胃の中が冷え、人工的な甘さと得体の知れないにおいが舌に沁みた。夫から返信があってOKというスタンプが一つスマホに浮かんでいた。Oが水色でKがクリーム色、ぴこぴこ左右に動いている。OK、なにがオーケー？　言い返そうとしていると母から写真が届いた。子供が、色とりどりのレゴ構造物の横でピースしていた。『これが、サクちゃんの、みんなのいえです！　力作！』明日の家じゃなかったのか。すごいね！　というスタンプを送った。

「あっ、ほら、あれ！　キノコじゃない？」夫が言った。本当だきのこだ！　と子供が言った。「写真撮って家の図鑑で名前調べようぜ」しらべようしらべよう！　ママスマホかしてーしゃしんとる。ハンミョウの空き地を出て緩やかな登りの道を歩いて遊歩道、林を通るルートに入った。公園内とは思えないほど木がたくさん生えていた。（多分）藪椿、なんらかのドングリ、下草も豊富だった。やはり人の気配がない。蚊が多い。ぶつかると量感を感じるくらい太って大きいのに羽音がしない。薄暗い中いろいろな色の苔が生え、落ち葉、濡れ色の土、木片、枝、足元から湿気、いかにもキノコが生えそうだ。遊歩道として歩けるだけの幅はアスファルトになっているが、長いこと整備していないのかあちこち根っこに押し上げられ盛り上がったり、ひび割れから草が伸びていたりした。二人が撮影しているのは黒っぽい茶色の笠が平らで軸が太い、キノコらしいキノコだ。笠の上には黒い瘡蓋《かさぶた》のようなものがのっかっている。「こういう地味な色のは同定が難しいからな。キノコはね、笠の裏側のヒダとかがどうなってるかが決め手になったりするから、裏側も見ること」うん！「近くに同じキノコの、もっと若いのとか古いのが生えてたりしてそれもヒントになる。地中で繋がってるから」うん！しゃがんで、というか地面にもう寝転ぶようにして、服に細かい落ち葉とか土とかをくっつけながら高さ数センチのキノコを撮影する子供、パシャン、パシャン、結局今朝もうんちは出なかった。「あっ、これもそうじゃない？」そうかも？「そうだよ、そうだろ」子供の頬のあたりを蚊がぶんぶん舞っている。全員一応長袖長ズボンで大人はマスクをしているので刺される余地は少ないが、子供はいまはマスクを外させている。私が手で払おうとしたが嫌そうに首を振られた。「いいのが撮れた！」見せて、見せて！「な？ほら、これも、な！」サクのも見て。「おっ、これはいいね！上にちょっと、落ち葉がのっかっちゃってるところがこう、いま出ましたみたいで臨場感！」あっ、あそこ！子供が指さした。地面に黄色い泡のようなものがいくつもある。え、と思ったがよく見るとなるほどキノコだった。笠のない、地面から直に噴出したような、オレンジがかった濃い黄色は人工物のように鮮やかだった。「おっ！アンズタケじゃないか！食べられる！」「え、いや、食べないでよ」慌てて言うと夫は食べないよと笑った。

「でも、多分間違いない。サク、お手柄、いいの見つけた！」えへへ、と子供は笑う。こんにちは、突然声がする。振り返ると二人の小柄な女性が並んでいた。つばの広い帽子、長袖長ズボン首にはストール、いかにも中高年女性のハイキングという格好をしている。片方は藤色の、片方は薄い灰色の不織布マスクをしていて、帽子のせいもあって顔があまり見えないが雰囲気は笑っていた。「こんにちは！」と夫は答える。夫はいつも通りすがりの人に明るく優しく愛想がいい。「キノコを見つけたんですよ、親子で！」「見つけたの、あらすごい」「きれい」二人は頷いた。彼女らのマスクの前を蚊がよろよろ横切ったのが見えた。「キノコね」「ひょっと見ると出てきてるのよね」「またひょっと見ると、増えてるの」「おぼっちゃん、おいくつ？」私は子供を見た。子供はしゃがんで写真を撮り続けている。パシャン、パシャシャシャシャ、「あ、連写やめて、容量」「女の子なんです。七つです」夫がはきはき答えた。藤色の女性はマスクの上に手を当てた。「あらごめんなさい」「よく間違えられるんですよー、髪も短いし、ズボンばかりはかせちゃうから！」「ごめんなさいね。言われてみれば、そう、このお顔は女の子よ、よく見れば、このお目目は」「ほんとう。可愛らしい」「ね。私たちもうババアで、目が腐ってるの」「メガネも狂ってるの」ふふふふふ、と二人は笑い、それじゃあね、と先に歩いて行った。「姉妹かな」と夫が言った。「すげえそっくりだった。阿佐ヶ谷姉妹かと思った」「阿佐ヶ谷姉妹は本当は姉妹じゃないよ」「知ってるよ。よく見たら顔も全然似てないのも知ってるよ」「ふうん」「ねえ楽しくないの？」夫が休めの姿勢になって首をかくんと左に倒して私を見た。「楽しいよ」「まだ生理？　お腹痛いの？」「もう痛くはない」「痛いなら薬飲めば」「痛くないって」「ふーん。じゃ、次のキノコ見つけた人が優勝っ」と叫んで夫は子供の脇腹をつっついた。いつの間にか立ち上がっていた子供は私の顔をチラッと見てから、夫に、ゆうしょうしたらなにくれるの、と言った。

　どうにか納期はしくじらなかった。私は毎日子供の便を確認しようとした。学校ではうんちしない、したくなったことがないと言うので家でうんちに行きたくなったらママに教える、流さない、と約束した。二十四から七十二時間で排泄されるなら翌日から三日間の間に出てくるはず、もし出なかったらどうすればいいのか、それこそ病院に連絡、完全に消化されて溶けちゃうということはあり得るだろうか、夫は私に大丈夫だよと繰り返した。「俺なんてさ。子供のころ耳に宿題のプリント詰めたことあるよ」それがこの話とどう関係あるのか。「いっやー、やりたくなくてプリントちぎってたら、なんかフト耳に詰めたくなって、詰めてったらすげえ入るんだよ耳。奥が深いの耳。で、どんどん詰めてたらとれなくなって、死ぬほど怒られて耳鼻科連れてかれてすげえ痛かった。でかゴリラみたいな看護婦さんに押さえつけられて、耳ぐりぐり、出てきたきったねえしわくちゃの紙くず、医者がカルテに貼りつけてさあ……それから耳鼻科行くたびに君は耳にプリント詰めた子だったねって、わざわざカルテ開いて見せてきてさ……」翌日は排便がなかった。「え、毎日うんち出てるんじゃないの？」うーん。出てることが多いけど、出ないときもある。「そっか。二日以上出ない日はある？」んー、ないと思う。しかし次の日も出なかった。「もしかして肛門に種が詰まってるんじゃないかな？」「だったらもっと痛がるだろ。二日出ないくらい、あるだろうよ人間だもの」意識して繊維が多い食品、レンコン、ごぼう、大豆、麦ご飯食後にキウイ「極端なんだよ」「でも、だって」いつから私は子供の排便のタイミングを知らなかったのだろう。幼いころは一緒にトイレに入った。一人じゃこわい、できない、大便は仕上げ拭きが欠かせなかった。もっと幼いころは当然おむつだったし、お風呂でつるんと漏らしてしまったこともあった。それがいつの間にか一人で黙ってトイレに行き全て済ませて出てくるようになった……それはいいことなのに、正しいことなのに、私は子供が便秘かもしれないことも知らなかった、『子供　便秘』で調べると小学生の三人に一人は便秘であるとか、むしろ子供の方が筋力不足で便秘になりやすい、恥ずかしくて学校で大便をしたくない、もちろん食事内容や運動も大切、食物繊維水分オリゴ糖、それでもダメなら小児科へ……「明日休みだろ、納品済んだんだろ、遊び行こうよ。良さそうな公園があるんだ。いまの時期はキノコが観察できるかもなんだって」子供が寝てから帰宅した夫は夕食を食べながら言った。水菜、おからパウダー、玉ねぎとパプリカ、りんご。「でも、まだ種出てないのに」「あのねえ」「一週間に三回以上排便なかったら便秘だって。ってことは、明日も出なかったら便秘だよ、種も心配だけど便秘だって」「いや、そもそもさ」夫は箸の先をこちらにピッと向けた。持ち方が出鱈目なので二本の先端はそれぞれ別の方向を向いて、でもその片方はまっすぐ私を指して濡れている。「サク、本当に種、飲んだの？」「は？」「落ちて家具の下に入っちゃってるとかさ、悪いけどそっちの家、結構散らかってるじゃん。ものが多い」「は？」「皿になにも残ってなくて、多分飲んだんだろうって、推測でしょ？　種なしだったのかもしれないし」「種なしスモモなんてないよ！」「ないの？」夫は私をじっと見た。「調べたの？　種なしスイカだって俺が子供のころはなかったよ。農家の人が頑張って作ったんだよ」「いや、あったよ！」「あった？」どうだろう……黄色いスイカはあった。黄色いさくらんぼもあった。種なしスイカ……昔はぶどうもデラウエア以外は全部確か種があった。「そういう話じゃない、出した母が種があったって言ってるんだから」「でも、だったら、お義母さんもうちょっとちゃんとしてって話だよねだってもしさ、これ、種飲み疑惑が俺がサク見てるときだったらシホさんもっと怒ったでしょ？　なにやってんのちゃんと見ててよって。シホさんは実のお母さんには全然そういうの怒らないよね」だってそれは。だってそれは全然違う。子供の両親、父親と、彼らから頼まれて見ている祖父母だったらその責任の重さというか、大体私の仕事が大変だというときに、あるいは子供が熱を出したというときに、一度でも夫は会社を休んで今日は自分がサクをと言ったことがあったか。それは、俺は会社員なんだから会社員はチームだからねお義母さんが喜んで見てくれるんだからいいじゃんお義母さんお義父さんもどうしても無理って言うならそりゃ俺だって考えますよ……それに、それに、私の母は可能な限り子供に目を配ってくれる、育児の知識だってある、夫のように、二人で出かけたショッピングモールで子供の昼食としてドーナツとフライドポテトと野ぶどうソーダを選んだ一時間半後におやつとしてサーティワンを与えたりしない……バカなの、バカなの。「でも、結局、お義母さんが目を離してたから種飲んだかどうかもわかんないんじゃん」「飲んでるんだって！」「とにかくさ、大丈夫って医者が言っててネットも概《おおむ》ね同意見でサク本人が元気なのにシホさんがあれこれ心配するのが一番サクにストレスだよ、あんなにうんこはうんこは言われたら出るもんも出ないよ。わかるでしょ？　俺だったら黙ってうんこして流すね。大丈夫だから大丈夫なんだって思わないと他にしようがないんだから……生理中で精神がアレなのはわかるけど、サクに悪い影響を与えるのは、それは違うと思うよ、母として」

上に向かってつづら折りのようになっている遊歩道を進みながら夫と子供はキノコを見つけた。まっ白いひらひら、黒いヒダヒダ、椎茸そっくりのもあったしマッチ棒に似た細いやつもあった。たまにさっきの二人連れの背中が見えた。思いの外近いと思ったら妙に遠く小さく見えたりもした。彼女らの胴体と同じ幅のリュックは二人お揃いだった。ファスナーかキーホルダーに鈴のチャームをつけているらしくときどきチリチリ音がした。ふっくらした白い笠の真ん中に茶色い突起があるキノコを見て夫と子供はおっぱいだおっぱいだと笑った。閲覧注意つけなきゃなと夫は写真を撮った。毒々しいほど赤い小さい釘みたいなキノコもあった。いちばん小さい小人さんのカサだね、と子供は言った。夫は詩人かよーと言った。「傘みたい、じゃなくて傘だね、っていうところがもう詩人だよ。そう思わない?」「そうだね。私トイレに行ってくる。サク一緒に行かない?」行かない。「サクにも口と足があるんだから、行きたくなったら自分で言うし自分で行くよなー」表示によればもう少し登ると開けた広場があって、そこにトイレがあるはずだ。私は一人で先に歩いた。日陰に粘ったような紫色の花が咲いている。蚊を一匹潰した。血を吸っていた。誰の血か、私はどこも痒くないが手には刺された膨らみがいくつかあった。キノコ、キノコ、思わぬところに生えていたり、一本見つけるとつぎつぎ目に入ったりする。そして、キノコが目に入るようになると、小さい蜘蛛がその上を歩いていたり、葉っぱの裏に細長い虫がのたくっていたり、去年のらしいドングリが割れて白い根が出ていたりするのも目に入り自分の縮尺が変わっていくような、種、種、私ももう大丈夫なのだとわかっている。種が悪さをするならとっくにしているだろう。でも戦争で負った傷が痛むと思ったら金属片やガラスのかけらが何十年も皮膚の中に入っていましたとかいう話は聞いたことがある気がする。子供のころ飲みこんだ種が、大人になって……私は便秘になったことがない。誰もが便秘になるという妊娠中でさえ一日たりとも排便がない日はなかった。三日も出ていない便が、もしかしてやっぱり、体内のどこかで、種によって堰き止められている可能性は本当に本当にないのだろうか……木が途切れ、ぱっと明るくなり広場だった。広場のぐるりには桜の木が植わっている。ベンチ、パーゴラつきテーブルもあったがやはり人はいなかった。隅っこに白い四角いトイレがあった。トイレの入り口の脇にもベンチがあって、そこにさっきの女性たちが座っていた。細い脚をきちんと揃えて左右に流し、膝に手を置いてなにかを小声で話している。私が近づいていくと女性たちは会釈した。私も返した。トイレは電気がついているのに薄暗く、不潔ではないが野外のこういうところのトイレという感じのにおいがした。洋式と和式が一つずつあった。少し迷って和式にした。拭くと血がつく。ナプキンにはまだ余地があったが念のため取り替えた。トイレの外から潜めた笑い声が聞こえた。さっきの女性たちだろう。個室の窓は細く開いていた。ちゃんと蓋つきのサニタリーボックスがあったがなんとなくいつも自分で持ち帰る。固く握りしめて、新しいナプキンの包装で包んで念の為トイレットペーパーを巻きつけてまた握って鞄に入れる。トントン、ドアがノックされどきりとした。ママ？　子供だった。慌てて水を流しながらドアを細く開けると子供が立っていた。トイレ行く。内開きのドアを大きく開けると子供が和式を見ていやだと言った。「隣は洋式だよ……パパは？」さっきのとこで、まだきのことってる。「え？　じゃあ一人できたの？」はかせとじょしゅごっこしてたけど、トイレ行くって言ったらこのさきにあるから行っときなって。こういう施設のトイレでだって子供が被害に遭う事件は起こる。こんな人気《ひとけ》のないとこで、こんなどこにだって隠れられるようなところで、夫が女子トイレに入れないのは仕方がないが、だったら入り口まで一緒に来て私を呼べばいいじゃないか……なんなんだ、なんでそんな、私は子供を洋式の方の個室に入れ、自分は外で待とうとしたがいっしょに入ってと言われた。子供は便座に座ってひゃっと言った。つめたー……ママおこってる？「怒ってない。サクには怒ってない」ふーん、子供が唸《うな》った。力んでいる。「あ、うんち？」子供が無言で細かく頷いた。三日ぶり、三日分の食べ物……子供が何度か息をゆっくり吸っては吐いた。……出た、出る。「おおっ、がんばれがんばれ」音という音ではない気配が子供から放たれ、ぽちゃんと音がして子供の体から力が抜けた。子供はペーパーを勢いよく巻きとりながら出た、出たと言った。「痛くなかった？　血とかついてない？」えー？　だいじょうぶ。子供はお尻を拭いたペーパーをこちらに示した。キレが良かったのかほとんどなにもついていない。血もない。「おつかれさま」だいじょうぶ。子供が便座からすとんと降りて下着、ズボンを順番に上に引っ張り上げた。「すっきりした？」んー。便器の水を見下ろした。普通の便だった。半分くらいがペーパーに隠れているが、量がものすごく多いとか色が変とかはない。硬いのでもゆるいのでもない、そしてなんだかもう子供ではない。私はちょっと緑がかった茶色いそれをしばらく見つめていた。水を吸ってくずれかけるペーパーが膨らんで便を隠そうとした。私は息を吸うと袖をまくって便器に右手を突っこんだ。子供がヘッと息を呑んだ。水は冷たかった。まとわりつくペーパーを振りほどいて便を摑んだ。表面がぬるっと滑った。便器の中の、水が溜まっていない、傾斜が緩やかなところに便を置こうとしたが滑り落ちそうになり左手で多めにペーパーを巻きとり、それを傾斜に貼りつけてからその上に便を安置した。ペーパーはすぐシュワンと湿ったが、便は留まった。指先で潰した。私の便はもっと雑な感じがする。食べたものがそのまま出ていたり色が違う筋が混じっていたりもする。子供の便はもっと均質で密度がある。逃さないようにゆっくり押し潰していく。子供が口を「イ」の形にして鼻の上に皺を寄せて少し膝を曲げている。便はぬめって爪に入りこんだ。種はなかった。私は潰した便をさらに指先ですり潰すように練った。小さい、カリンとしたものに触れた。摘んで指を便器の水につけた。潰れた便のかけらやペーパーが浮く水はやはり冷たかった。私は硬いものの表面にある便を水の中で爪を立てて丁寧に取り除いた。カリ、カリ、やはり種だった。想像より小さい、尖り方もそうでもない、種、種！　もう心配しなくていいのだ。私は本当に安堵《あんど》しびしょびしょになった右手を左手でたっぷりとったペーパーで拭き、種も拭き、子供に見せた。子供はやだ、と首を振って個室のドアを開けて出ていった。「あ、待って、そこで手、洗って」子供は手洗い場で雑に水を使って外に出た。「どっか行っちゃわないで、そこにいてよ、近くに」うー、っ。私は手洗い場で手と種をよく洗った。小さい手洗い場には幸いハンドソープがあった。種は扁平で想像より小さい。指先に細かい短い繊維の手触りがある。繊維の根元まで詰まった便をひしぎ出してハンドソープを招き入れる。種の殻の合わせ目の筋をなぞる。筋の間に便が詰まっていたので掻き出してまた流す。白い小さい手洗い場の水受けに茶色い便のもろもろが落ちて流れていく。私は何度も洗ってよくすすぎ、もろもろがもう出てこないのを確認してもう一度洗ってすすぎハンカチで拭いた。ああよかった、ああよかった、顔を上げて小さい四角い鏡を見た。四隅が曇った鏡の真ん中に眉間に深い皺を寄せた自分が映っていた。目が赤くマスクが少し濡れている。替えたばかりのナプキンが汗で蒸れていた。種をハンカチで包んでトイレを出た。子供が女性たちと話している。あっ、ママ……。子供が少しあとじさった。外は白く眩しく私は目を細めた。「パパは?」パパもトイレ、いま来た。「聡《さと》いおじょうちゃんですねえ」藤色のマスクの人が言った。「お話が、上手」灰色のマスクの人も言った。二人とも帽子を外していて、目元が見えている。笑っている。ママ、手、あらった?「洗ったよ。すごく洗ったよ」灰色のマスクの人が頷きながら囁いた。「種、ご心配でしたでしょ」「え」「いまうかがってたんですよ。ママが種を探してくれたんだって」「私もね、ご心配な気持ち、とってもわかる」「気が気じゃないものね、子供になにかあったらって」「忘れるってことがない」「いつも頭のどこかにある」「二人じゃないのよね、いつどこでなにしてても」女の人二人がふっと立ち上がった。「私たち、じゃあそろそろ」「じゃあね」「またね」「そう、またあとで」私に向けて一つ深く頷くと、帽子をかぶり、子供に手を振り、展望台へ続く方向へ並んで歩いて行った。鈴がチリチリ鳴った。ねえママ。子供が私の左腕肘の下あたりを摑んだ。わたしたちは、てんぼうだいは?「そうね……」あっ、パパ! 夫がトイレから出てきた。ハンカチがないのか手を体の前でひらひらさせている。子供を見ると破顔して「おっ、博士! すげー写真撮れましたよ」「種が出てきたよ」「はい?」私がハンカチを差し出して開くと、夫はぽかんと口を開けた。太陽の下で見ると、便を洗い落とした種は茶色くところどころ青く変色している。まさかこれがいままで三日も子供の体内にあったとは思えない。小さいが大きい。夫は顔を背け「うっわ」と言った。「どうしたのそれ」「出てきたから出した」私は種をハンカチでまた包み直し右のポケットに入れた。「はー……え、どすんの、それ」「どうって」「アッ！」夫が指さした。「は、博士！　あれは超珍しいキノコではありませんか！」そして広場の桜の木にむけて走り出した。子供は私の腕を握った小さい手にぐっと力をこめてからふっとほどいて、「どこだね、じょしゅくん！」桜の木の根元を見て叫び合っている二人を見ながら私はポケットに手を入れた。「はかせ！」「じょしゅくん！」ちゃんと包んだはずの種がころんと直に指先に当たった。遠くからキノコの菌糸や胞子に満ちた湿った土がにおった。種を握りしめると先端がもろっと崩れた。中からなにか細くて柔らかいものが出てきて私の指に触れる。

ヌートリア過ぎて

駅へ向かって歩いているとちづハーちゃんに会った。駅の方からくるダウンジャケットにマフラーを巻いた細身の女性が私を見ているなと思ったら彼女だった。最初は誰だかわからなかった。マスクをしていたせいもあるし、記憶よりも痩せていて人相というか体格というか雰囲気が変わっていたせいもある。葉が落ちた街路樹は小さく剪定されてなんの木だかわからない。向こうは私が私であるということに確信があったらしく、ずんずんこちらに近づいてきて立ち止まって久しぶりと言った。わあ久しぶり。仕事帰り？　そうそう、こっちの支店から直帰になって。冷えるね。うん寒い。そっちも帰り？　うん、今日は早め。最近電車全然空いてないよね。うん空いてない。え、会うの、いつぶりだっけ？　サカネの赤ちゃん見に行ったとき以来だからもう五年とか。そんなに？　言いながらそうだ、だってあのとき赤ん坊だったサカネの第一子はもうランドセルを買ったのだ。インスタに投稿されていた、キャメル色のなんとなく高級そうなランドセルを背負った、名前と服装だけだと性別がわからない第一子、赤ん坊だったときの印象、抱っこを勧められたが怖いからと固辞した。予行演習だと思ってさー。いやいやいや。怖いから、落としたら悪いから。じゃあ、はい、とサカネはちづハーちゃんに赤ん坊を差し出した。彼女はにっこり抱きとって、えーありがとう、わーふにゃふにゃーあったかいかわいー、軽い。ちづハーちゃんは確かインスタ的なことはやっていないかアカウントを私たちに知らせていない。私も実質ほとんど投稿しない。適宜いいねを投げるだけ、あれからもう五年かあ。なんかついこないだみたいな感じするのにね。ほんとほんとほんと。黒く角ばった感じのコートの男性がこれ見よがしに体を捩り私たちを避けた。ここ邪魔だね。だね。人通りは前よりは少ないがそれでも少なくはない。七時半過ぎ、軽く残業した人々の帰宅、制服姿の学生もいるし、幼児の手を引く人もいる。どの顔もマスクに覆われ目元には生気だか精気だか覇気だかがない。それは長引くいつ終わるともわからない感染症のせいのような、いやいつだって前だってこんなものだったような気もする。そういう国、そういう地方都市、そういう駅のそういう通り、いっとき私の職場もリモートワークを導入した。いい面と悪い面があり、いい面を享受した人と悪い面を享受した人の層が必ずしも重ならず、そして上に立つ人ほどその悪い面を重視する傾向にあったためにいまは原則全員リアル出勤ということになっている。リアル出勤、変な日本語、希望し上司が許可すればリモート勤務も可能、休園休校濃厚接触疑い陽性、でもねえ、家に子供がいたらそれは仕事にはならないんだよ実際……そうですよね、そうでしょうね。仕事しなきゃと思って子供見てるとすごいイライラする、ああこうやって親は子供を怒鳴るんだ支配するんだ最悪殴るんだって。あらー。しないよ？　私はそんなことしないよ絶対。もちろんもちろんもちろん……辞めてしまったパートさんもいた。唐突に一斉に学校や保育園が休みになった時期だ。子供に罪はない。潮時だと思ってたんですもともと。ちづハーちゃんの顔を見た。不織布プリーツマスクの真っ白さのせいか顔色がやけにくすんで見える、疲れているのだろう。お互い、一日の労働を終えたらそういう顔色になる歳になった。仕事帰り、駅のそば、独身同士、こういう状況ではなかったらご飯食べようか、ちょっとどこかでお酒でも飲んで帰ろうかという話になっただろう。ここは飲食店も比較的多い通りだが、いま光って見えるのはコンビニやチェーン店ばかり、時短営業、営業自粛、自粛要請、まん延防止、蔓延、漢字で書くとまん延のまんって蔓草のつるっていう字だったんだね。風が冷たい。角にある書店は一昨年閉店してずっとテナントを募集している。最寄りの明るい場所はドトール、ポスターにいまだけのミラノサンドはすごく味が濃そうに見える。私は彼女に向けてそこのドトール入ろうか、という目つきをしたつもりだったが気づかなかったのか彼女はずっとドトールの隣の隣にある電気がついていない居酒屋前に移動した。赤いスタンド灰皿が置いてある隙間というか窪みに入りこむ。灰皿には白と黒の灰がぱらぱらのっかっている。新しい灰に見える。居酒屋のガラスに『店内禁煙』『感染対策実施中』『テイクアウトはじめました』『営業時間短縮中20時まで・終日酒類提供できません』今日は単に定休日なのかそれとも臨時休業的なことなのかもしかしてこういう貼り紙を処理する間もなく閉店してしまったのかもしれない。自転車操業、夜逃げ、離散……貼り紙の隙間のガラス部分に顔が映る、マスクのせいかその顔が自分のかちづハーちゃんのか一瞬わからなくて目を動かす。鏡像は目を逸らさない。影がずれている。私たちの顔は全然似ていない。ここなら邪魔にならないかな。そうだね。お互いマスク越しでも息がかからないよう顔を見合わせないようにして、え、それで、元気？　うん元気。そっちは？　元気だよー。こないだ部署の人が熱出たって焦ったけど違ったみたい。それは焦るね。ちょっと喉痛い鼻詰まったってだけでどうしようって思うよね。思う思う思う。青い四角いウォルトのリュックを背負った自転車が走ってくる。このあたりではウーバーイーツよりもこちらの人をよく見る。食品配送業者のテリトリーのようなものがあるのかもしれない。まるで自転車競技選手のような前傾姿勢の若者が軽く湾曲する軌道で向こうへ行ってしまってから気づいたがおそらく小柄な女性だった。綺麗な形のヘルメット……いやほんと、久しぶり……ちづハーちゃん、痩せた？　え、うそ、私もいまそれ聞こうかと思ってた、痩せた？　えー痩せてないと思うけど、どうかな、うち体重計ないんだよね。そうなんだ、うちもない。あはははは。ドトールから黒マスクの高校生が笑いながら一人で出てきて通り過ぎる。目は全く動いていないのに明るく高く笑う声、薄い耳にワイヤレスイヤフォン、ウレタンマスクがぴたっと細長い鼻筋の形に沿っている。この寒いのに手にはストローを刺した氷でいっぱいのラテ色のプラカップを持っている。あ、ねえこれ見て。スマホに動画が映し出される。灰色と黒と白が動いて光っていてなにかと思ったら水だった。橋の上から見下ろしているらしく、橋と手すりの影が画面を横切りそこに小さくかしいだ人影がある。これ、ほら、うちらの中学の近くの川。あー、坂降りてってのとこ？　そう、工場とかあるちょっと上流らへん。はいはいはい。水面をすいーってね。これ泳いでるのわかる？　指差されるあたりに、川の流れとは違う逆V字型の水の筋が見え、その先端になにかがあって、つまり泳いで向こうに移動している。これどうしたの。撮ったの、昨日あのへんに行ったんだすごい久々に仕事で。私たちは中学と大学で一緒だった。小学校も一緒だったはずだが同じクラスになったことがないのでよく知らない。五クラスあったからね。おー、いや六組までなくなかった？　そうだっけ。六年六組六番だったもん私。えーすご。中学のそばも通ったけど校舎工事してた。多分耐震の。へー。プールなくなってた、建物自体が。えっ？　老朽化かね。うちらのころから新しくはなかったもんね。ちょっと羨ましいかも。そうだね、やだったもんねプール。やだったよ、やだったよ。川、最初流されてるのかなと思ったけど流れに逆らって海の方から上流に、だから泳いでて鴨かなって思ったら違くて、茶色い毛の犬くらいの大きさのなんか動物でそれが鼻と背中だけ水面から出して。動物、なに。わかんない。調べてないの？　調べてない。えー調べなよ。川、泳ぐ、動物、日本と検索すると一番上にヌートリアと出てきた。これじゃない？　わーこれだ。えー特定外来生物だって。しっぽ長いね、それはわかんなかったな。顔だけだったり全身だったり水中だったり陸地にいたり大きさも解像度も遠近もまちまちの画像は、かわいらしくも獰猛そうにも愚かにも聡明にも見えた。泳ぎうまいんだ。でっかいネズミだね。ネズミかあ。そのままどんどん上流に泳いでって見えなくなっちゃったけど。その、耳にね。耳じゃないかもしれないけど耳らへんにね、黒いでっかい丸いのがあるの。毛の模様だと思うんだけどそれが穴みたいに見えてね。ぽっかり。漫画みたいなでっかいまんまるの目みたいにも見えてね。変だった、それは映ってないけど。昔あんなのいなかったよね。多分……すぐ脇道路だし、家も多いのにね。大体あの川そんなきれいじゃなくない？　じゃない。ゴミもいっぱいある。海も近いしときどき臭い。だよね。だったよね。どっからきたんだろうね。わかんないけど、なんか、あーって思ったんだ。ヌートリアがさ、どこ行くんだろうなって、行ってもどこも行かないのと同じなんだよなって。駆除とかされないといいね。どうかな。どうだろう。近くに住んでたら嫌かもよ。子供とかいたら怖いかも。そっか。なんかしばらく見ちゃっててお昼食べ損ねた。肉眼で見てたら見えるのに撮影しようと思って画面越しだと小さくてどこ行ったか一瞬わかんなくなってね。不思議だね、同じものなのにカメラ通したら全然ずれてて違うんだよね。おー。確かに川を泳ぐヌートリアの動画は小さく不鮮明で撮影しているスマホ自体も震えてブレてときどき見切れてふらふらさまようようにヌートリアを探して、だからそれはほとんど目の錯覚か粗い画像のゆがみみたいにも見えた。川の流れに細かく震える橋と人の影からヌートリアは遠ざかる。水面に枯れ草かなにかが溜まったような白っぽい塊が浮いていた。スマホから風の音がした。撮影しつつなにか呟いた声が聞こえたがなんと言っているのかはわからない。寒そう。寒かった。朝ちょっと雪降ってた昨日。そんな日に泳がなくてもね。泳いだ方があったかいのかも。どうだろう。上流に行ったら、でも、行けば行くほど水温は下がりますね。中学の方なんて全然行くことないや。実家も引っ越したし。あーそうだったね。おうちの人とかみんなお元気？　元気……そっちは？　変わらず。私たちは中学二年のとき初めて同じクラスになった。とはいえ当初はそこまで親しくなくて、でも偶然ある朝通学路で一緒になりどちらからともなく挨拶して並んで学校まで歩いた。私はその日普段より早めに登校していて、彼女はいつもこの時間だと言って、へー早いね。誰もいない教室が好きだから。暗いなこの人と思った。そっちはどうして今日早いの？　部活？　親と喧嘩してむかついて朝ご飯食べたくなくてと答えるほど打ち解けていなかったのでなんとなくと答えた。ふーん。いつもの時間だと歩道に同じ中学の生徒がたくさんいて前に進むのに邪魔なくらいだがこの時間だとほとんど人がいなくて快適だなと思った。ときどき、門の鍵が開いてなくて待つことある。そんな早いの？　こっち門は正門じゃないから遅れるときあるんだよ。朝練の人とかは正門からしか入れないみたい。ふーん。ならもっと遅く行けばいいのに。あー。まー。ねえねえ前から気になってたんだけど、どうしてちづハーちゃんって呼ばれてるの？　下の名前ちづはじゃないよね？　うんちづる。千の鶴。古くさ。奥ゆかしいね。意味わからない。きれいだね。少し眉が顰められ眼鏡がぴくんと動いた。そのころ彼女は眼鏡だった。高校は別で、大学で再会したときはコンタクトにしていた。あっかわいい。眉毛、きれい上手。なになに大学デビュー？　いやコンタクト高校から。大学を卒業するとき何人かで旅行して、温泉上がりの彼女が眼鏡をかけているのを見てなぜか唐突に懐かしくてたまらなくなり泣きそうになりそれを誤魔化しために笑ったらそれはそれで涙が出てきて止まらなくなった。なんで笑うの。だってなんか中学生のときの顔なんだもん。そりゃまあそうでしょうよ、おんなじ人間だもん……笑わないでよ。ごめんごめんごめんごめん。はーあ。泣かないでよ。でも、浴衣で、化粧も落として眼鏡をかけて半乾きの茶色い髪を後頭部でまとめている彼女は、笑い終え涙を拭いながらまじまじ見ればやはり全然中学生ではないのだった。でもきっとまだ本当は大人でもない。私も。ほら見てーみんな、海の夕焼けきれい！　ほんとだきれい。きれい。わっチャンネル少なっ。関西のが入るんじゃね？　ほらＡＢＣ。コンセント私先充電してい？　あ、洗面所にもあったよ一口。言っとくけどね。そういうあんたも中学のときと変わんないからね。えーうそー？　そうだよ。ねーちづるってどんな中学生だったの？　えー、ちづハーちゃん真面目で……ちゃんとしてた。いまもそうじゃん。いまよりあれだね、かたかったかな。髪長くて。するするつるつるさらさらの黒髪ロングで。清純少女だ。私多分だいぶ暗かったよいまより。中学生ってそういう時期でしょ？　中学のとき明るく楽しかったでーすなんて子、私信用できないな、そう言い切ったサカネはしかし、中学のときからつき合っていた彼氏といまでもつき合っているのだ。地元の一流企業に就職した彼と、卒業したら同棲するかもしれないのだ！　結局結婚は全然別の人として現在第二子妊娠中……ちづハー、よくわかんないけど中一からなんかそう呼ばれてる。どっからきたハー？　英語、彼女のher。え、なんで？　知らない、言いたくない。ふーん。呼ばれんの、嫌なの？　嫌ではないけどまあ、相手によりけり？　ふーん。あ、今日は門まだっぽい。閉まってる。えー。すぐ開くと思うけど。彼女の生白い脚にふよふよとした黒い細い毛が生えているのが見えて目を逸らす。太いプリーツスカートと靴下の間、小学生のとき既に親に頼んで買ってもらった脱色クリームも除毛ジェルもうまく働かず結局剃刀で剃っている。あんまり剃るとお肌が負けるよと親は言うがだったらどうしろって言うの、エステ的なとこで脱毛するお金出してくれんの。肌に優しいシェーバーかなにか買ってくれんの。なに言ってんの子供がそんなの、気にしない気にしないお母さんだって気にしたことない。時代が違う、毛質も……靴下が片方ずり落ちて、履き口のリブが薄赤く痕になっている。ソックタッチ持ってる？　え？　持ってないなんで？　え？　私たちは足を止めた。目の粗いフェンス越しに校庭がきらきら銀色に光っていた。え？　私たちは並んで裏門の金網越しにその光景を見た。銀色の丸いものがグラウンドにたくさん並んでいた。直径五、六センチくらいか、丸い、筒状の、上に潰れたような形の穴がぽっかり開いていて、一つ残らず、あれってほらあれだね、ビール、銀色の缶ビール。その空き缶が砂に縦に半分くらい埋まって空に突き立って何十、何百、朝のまだ弱い光を斜めに反射する隙間にふっと冗談のように大きなカラスが一羽降り立って地面からなにか白いものをくわえてこちらを見た。目が白く濁って嘴《くちばし》のきゅっと下向きに尖った先端がぶっちがいのように左右に軽くゆがんで捻れている。煙草くわえてる？　吸い殻だね。見れば地面には屹立する缶と缶の隙間に無数の白い吸い殻が散らばっている。え、カラスが飛び立ち大きな黒い翼が緑や青や紫に光って見えながらみるみる遠ざかりなにこれなにそれ。わかんない怖い。いままでもときどきグラウンドに花火の残骸や吸い殻が落ちていて先生がお説教するようなことはあった。くちゃくちゃごわごわになった古雑誌が体育館裏からごそっと出てきたこともあったし使用済みの避妊具が廊下に落ちていたという話も聞いたことがある。何組の誰それがなにこれーって拾って、さあ……誰も鍵を開けにこない、徐々に他の生徒も登校してきてざわついた。いまだったらみんなスマホで写真を撮っただろう。なにかに投稿しバズったかもしれない。でもそのころはまだどういう形状のものであれ携帯電話は田舎の中学生にまで普及していなくて一部ポケベル、修学旅行などには使い捨てカメラを持っていって残り枚数を数えた。えーなにー。きれー。きれい？　いやきもいでしょ。きもいきもい。怖い、頭おかしい。誰やったのこれ。めっちゃこれ大変じゃない？　律儀、アサヒ、スーパードライッ。俺ドライ好きじゃねーんだよなー。爆弾とかじゃないよね。爆弾。どれか一個、中に爆弾。ないないない。ねーねー門まだ開かねぇの？　一人の男子がフェンスをよじ登り始めた。ギシギシ音がして、靴底の砂利だかフェンスの錆だか塗装だかわからない粉が上からパラパラ降ってきた。お前なにしてんのばーか、ばーか、上トゲトゲあんぞ。ケツ破れろ。校舎の方からジャージ姿の体育の先生が校庭の外周を通って走ってきておりろーと叫んだ。お前ら全員、正門からまわれー。えー、めんどいー、コッチ開けてくださいよー。いいからまわれ、危ないから。危ないんすかー？　汚いから。汚いんすかー？　ぶうぶう言いながら私たちは校庭の外周フェンスに沿って正門へ移動した。どの方角から見ても銀色の缶は校庭中に並んでいる。等間隔というには乱れても見える。疎密、高低、正門脇にパトカーが一台停まっていた。え、事件？　これ事件なの？　うそうそ今日休みになんない？　帰ろーぜー。で、それから、どうなったんだっけ？　その日は体育とか中止になって……授業は普通にあって……窓開けるなよって言われて……休憩時間も窓開けるなよって、そうそう、でも開けて見たよね。そりゃそうだよね、缶すぐ片づけられてたよね。最初の休憩時間には、もう……なんか全部うそみたいに平らに普通に。なんもなかったみたいに。その後、教師からも説明などなくてそのまま授業は進行し下校し放課後には運動部がグラウンドの砂の上を走ったり跳んだりしていた。在校生のいたずら、卒業生の悪ふざけ、暴走族の集会……アートだったのかな。上から見たらどんなだったろう。丸い銀色の光がいっぱいグラウンドに散らばって、星空、魔法陣、ミステリーサークル、俺の親戚ん家の田んぼにミステリーサークルできてたことあるんだよテレビ映ったの。へーすげー。宇宙人のなにか、犯罪組織のなにか、なにかってなんだよ、あとなんだっけ、何年か前に飲酒と喫煙を疑われ咎められ志望校の合格を取り消され自殺した生徒の呪いだか祟《たた》りだか……。でもそれは冤罪だったの。その子はそんなことはしていなかったの。それはあまりに変な出来事だったのに教師始め大人たちはその後一切そのことを話題にしなくて、尋ねてもはぐらかされる以前に相手にされなくて、もしかしてニュースになったりするんじゃないかと思ったがそんなこともなくて、親に言ってもパッとしない反応で学校へ行こう！　に投稿した生徒もいたらしいが採用されなくて、そもそも意図がさっぱりわからない、次第に誰も話題にしなくなり都市伝説みたいな七不思議みたいな幻だったみたいなただのうそみたいに、とはいえ、しかし、それがきっかけでというとなんでか自分でもよくわからないのだがそれから私たちは仲良くなった。結局あれってなんだったのかな。わかんない。でもきれいだったよね。きれいっていうか。いまだったらあれさ、吸い殻とか缶に残ってるDNA的な捜査できただろうにね。どうかなあ……それくらいあのころでもできたでしょ技術的には。できたかな。しなかったんでしょ。しなかったのかー。だっていまから二十年ちょっととか前だよ、そんな大昔じゃない。大昔じゃない？　吸い殻はあの後もときどき校庭から出てきてさ。土に埋もれて隠れてて。ナントカ君、名前忘れちゃった、いじめまでいかないけどからかわれてた子、あの子がさ、体育の授業で地面から出てきたやつ沢渡君に無理矢理くわえさせられてさ。あーあったかも。あれは口紅ついてたんだよ、その吸い殻。真っ赤にべっとり。それでこれ吸ったやつ女だなお前こいつとファーストキスしろって。最低。頭悪い。ね。それでナントカ君吐いちゃってさ。血の味がするって言ってどんだけ吸ってんだよって沢渡君笑ってたけど、ナントカ君、あれ口紅じゃないよ血だよって。赤いの血だよって。わーって吐いて。給食、そう給食吐いたから見てたみんな気持ち悪くなっちゃって、ちくわとかにんじんとか形のままで。給食の肉じゃがにちくわ入ってたよね。沢渡君が先生バレないように上から足で土かけて。アンタッチャブル。そういえば沢渡君学校こなくなっちゃったよね。そうだっけ。親がなんか宗教団体みたいの入ったんだよね。そうなんだ。それで引っ越しちゃってさ、どこ行ったか誰も知らないの、高校どこかとかも……小学校のとき結構仲よかったんだけどな。そうなんだ。いい子だったのに急になんか悪ぶるようになって。そうなんだ。同窓会にもこなかったし、幹事の子も連絡先がわからないって……そうなんだ。私一回だけ煙草吸ったんだ沢渡君と。中学入ってすぐぐらいふざけて煙くてまずくて、すぐやめたけど。ねえ、そこで、ドトールで、コーヒー飲んで帰らない？　寒いし。もう少し話したいしと言おうとした途端静かにドトールが暗くなった。まん延防止のため営業時間を短縮しております、あーもう八時越えたんだ。残念。そっか、そうだね、それじゃあそろそろ。そうだね。冷えるし。風邪ひかないようにね。そっちもね。元気でねまたね。私たちは手を振って別れた。私は駅から去り彼女は駅に向かう。前を通るとドトールは電気が消えたのではなくて内側からロールカーテン的なもので窓を覆っただけで中で誰かが動いているのが細く漏れる光の動きで分かった。掃除、片づけ、ウォルトの自転車が走り過ぎる。若い男の子の匂いがする。晴れている、月はない、風が本当に冷たい。湿ったマスクの顎の下のところに少し指を入れ、たふたふ空気を動かすと内側に溜まっていた冷たい水滴が唇についた。細かい雪が額やまぶたに触れたような気がしたが気のせいだった。小学生くらいに見える髪のとても長い女の子が大きな立体的なリュックサックに押されるようにして大人たちを追い越し走っていく。変な話しかしなかったな、五年ぶりなのに、帰宅してマフラーを解いてマスクを捨ててシャワーを浴びて眼鏡をかけて冷凍ご飯を温めているとスマホが小さく鳴って、また会おう、今度はちゃんとどこかで座って話したいね。そうだね、そうしようね、返信しようとしたがなんとなく手が止まり冷蔵庫から銀色ではなく本物でもない缶ビールを取り出して飲もうかためらってしばらく握って手は冷えて缶はぬるくなって薄い金属越しに中の液体が揺れて動いてまだ冷たいのがわかって死にたくはないが消えてしまいたいような、私もスーパードライあんまり好きじゃない、五年くらい二十年くらい一瞬で経つ、感染者数は増えていて、この県にもまん延防止なんとかが公布だか発布だかされていて怯えることにも慣れていて、もしかして多分もう私たちは一生マスクなしでは外を歩かないような気もしている。一生分のマスク……とっくに冷凍ご飯が温まっていますよということを知らせるイラついたような電子音がレンジから聞こえてやっぱりやめておこうと缶を冷蔵庫に戻す。週末に作った味つけ卵を代わりに取り出しタッパーの蓋を開けてちょっと匂いを嗅ぐ。私をちづハーちゃんと呼ぶのはもう彼女だけだ。ヌートリア、小さい、背中とも見えないような水の膨らみがどんどん遠ざかっていく。川の波が揺れるのを切り拓いて泳跡《えいせき》が私に向かって広がってくる。

蛍《けい》光《こう》

ココちゃんのお母さんから、今週末ホタルを見に行こうと思うのですが梨穂ちゃんもご一緒にどうですか？　というラインがきた。『はやめにおうちでご飯食べてもらって、土曜日の夜六時くらいにお迎えにいきます（drive）九時までには帰宅の予定（sleep）』『換気しながら行くし山の中なので感染リスクは少ないかと（smile）上の子のときのチャイルドシートもあるのでご安心を（hug）（hug）』と続いて、もしよろしかったら、と書かれた猫のスタンプ、同じ猫の、おへんじまってまーすスタンプが並んだ。ホタル……既読をつけてしまったので急いで『ホタル！　すごい！』と返す。『夫とも相談してまたお返事しますねー（thumbs up）』ではまたのちほど、わくわく！　というスタンプを送る。娘は夫と風呂に入っている。今週土曜日は夫出勤の日、感染者数が落ち着いてからはお互いの家を行き来して遊んでいるし、それぞれの車で行って出先で合流したこともあるが、完全に預けてどこかへというようなお誘いは初めてだ。娘に行きたいかと聞けば行きたいと答えるだろう。夫も、行きたいなら行けばいいじゃないと言うだろう。しかし、人の車に子供を乗せるというのはそれなりに大変なことで、事故、酔い、急な悪天候……私だったら事情があって頼まれればそれは考えるが、自分から相手に持ちかけようとは絶対に思わない。万が一のことがあった場合誰がどうしたって償えない。義母や親や夫に娘を任せるのだって一抹《いちまつ》の（いや夫の場合は二、三四五、十抹くらいの）不安があるのに。娘は先生や他の大人の前では猫を被るタイプだが、それでも車内を汚したり迷惑をかけるような事態はいくらでも考えられる。車酔いもたまにするし、トイレだって家族に言い出すのとはそれは違うだろう。六時に出て九時に帰る、片道一時間くらい？　そんな距離にホタルを見られる場所があったのか。既読はついていない。平日の夜、母親は忙しい時間帯だ。料理をして、風呂に入れて、食べさせて、宿題、明日の準備、今日は夫が早かったが遅い日は寝かしつけまで私一人だ。月に何度か土日祝日出勤がある夫の職場は同じ回数だけ平日休みとなる。そういう場合夫は大概自分の予定を入れる。釣りに行く、友達と会う、県境を跨がない程度の距離をドライブしなにか食べてくる……娘より早く出て遅く帰ってきたりする。私の職場は土日祝休みなので、私が休みの日はつまり娘も必ず家にいる。浴室のドアが開いた音がして娘と夫の笑い声が聞こえた。夫は娘と遊ぶときいつも楽しそうにしている。私はどうしてもやや面倒というか家事の段取りなど考えて上の空になってしまうことがあるのだが、夫は心底一緒に笑っているように見える。その点は偉いなと思う。「出たよー」髪がびしょ濡れのまま娘がリビングに入ってきたので乾かすよう言うと、「だって、パパ言われなかったもん」風邪ひいちゃうよ。「ドライヤーきらいなんですけど」夫には何度も、娘の髪をドライヤーで乾かすか、せめてタオルでちゃんと拭くよう頼んでいる。えーでもー、と夫はいつも言う。「なんか熱がるしうるさいって言うからかわいそうになっちゃって。タオルも俺だと痛いって言うし絡まっても可哀想だし、俺女の子の髪のことわかんないよ、そんなに気になるならみえがやったげなよー」娘はいつも、夫が休みでない日に熱を出す。ソファやラグが濡れてカビたり臭《にお》ったりしたとしてそれを処理するのも私だろう。ヘアキャップも嫌、だったら髪短くしようか。「やーだー」娘のクラスの女の子はほぼ全員ロングヘアだ。長い子は腰あたりまで垂れている。娘も入学早々髪を伸ばすと言い出した。私より先に母になった妹いわく、現在の小学生女児は髪が長ければ長いほど、そしてその髪がまっすぐで癖がないほど地位が高いのだと言う。「髪の毛がカーストなんだよ。癖毛の子は小一でもストパーかけたいって泣くらしいよ。それぞれ個性でかわいいのにね。うちらみたい髪型してたら（私たち姉妹は祖母によって思春期になるまで男児と間違われるような刈り上げショートにされていた）もう論外だよ。うんことか拾い民だよ」うんことかひろいみん？「インドのカーストで一番下の、排泄物処理とかする人、靴はいたり、上のカーストの人に見られただけで罰せられるらしいよ」うそ、むかしの話でしょ？「ううん、そういう話こないだ読んだもん小説でだけど多分現代の話……でもさ、正直顔はそうでもないなーって子でもサラサラロングだったらそれだけで美少女感出してるわけ。顔小さくて手足長くてダンス習ってたら最強」遠目のシルエット重視ってことかな。「うちの子らさ、一応直毛だけど硬くて多いわけ、なんか韓国の流さないトリートメントとか欲しがってうるさい」ふっと、もし土曜日に娘がホタルを見に行くなら私は夜に少し自分一人の時間が持てるのだと思った。夫には外で食事を済ませてくるよう言えばいい。洗面所から夫の鼻歌が聞こえた。いつでも機嫌がいい人なのだ。その点も偉いと思う。私は風呂場に向かって、こっちくるときタオル一枚持ってきて！「りょうかーい、すぐ行くよー」夫からタオルを受け取りながらこの土曜日は出勤予定で変更ないかと尋ねた。「ないよ。なんで？」ううん確認。ねえリホ、こっちきて。「ことわる」ごしごししない、ポンポンするだけだから……あのさ、ココちゃんのママがね、ホタルを見に行きませんかって。娘がぱっと顔を輝かせ「ココちゃんが⁉」だからこっちきて。濡れて風邪ひいたら行けないよ。「うん！」走ってきて食卓の椅子に座る。濡れた寝巻きが背中に貼りついて肩甲骨の形が浮いている。私は細い髪を毛先から包んで引っ張らないように水気を取る。どんなに粗雑に扱っていても乾けばつやつやの髪の毛だ。あのねリホ、ココちゃんのママがね、夜、ホタルを見に行くからリホちゃんも一緒にどうですかって。車で連れてってくれるって。「行きたい！　ぜったい行きたい！」ママは行かないから、リホ一人だけど、行ける？「行ける行ける！」そっか、じゃあ行きますって連絡するよ。「うん！やったー！」「いいなーパパも行きたいなーホタル」場所また聞いてみるよ。いつか家族で行けるかもしれないし。「ねーねーホタルって、見たことあるー？」ないんだよねそれが、と娘に応えようとしたが彼女が見ているのは髪を優しく揉んでやっている私ではなく台所で発泡酒を開けている夫の方だと気づいたのでやめた。夫は一口飲んで「ホタル？　あるよー！」「どうだった？　ひかってた？」「光ってたー光ってたーホタルは光ってないと見えないよ」「ほんとーに見た？」「むかしはいっぱいいたんだよ」夫の地元は田舎ではない。私がどこで？　と聞いたのと同時に娘が「なに色？」「黄色ー、金色かな、光色。きれーだよ。ホタルは黒い！」炊飯器が鳴った。「あー腹減ったー」「おなかすいたー」「みえー、今日のご飯なーに？」今日はね……食卓に用意してあるラップのかかった皿を見て、自分が作ったのに一瞬なんだかわからなくて絶句した。肉、レタスとプチトマト貝割れ……えーと豚しゃぶサラダ、とお味噌汁と、あときんぴら、夫は自分と娘のお茶碗にご飯を盛って食卓に持ってきた。ありがとう。「ねーねーだったらつまみにツナ缶も開けていい？」は？「もちろんみえの料理もおいしく食べるよー」「わたしもツナ！」「よーしよしよしよーし」夫はまた台所に入ると片手に飲みかけの発泡酒、反対の手に蓋を開けたツナ缶、小脇にマヨネーズを抱えて戻ってきて食卓に座った。夫はツナ缶にマヨネーズを搾り出し醤油を垂らした。娘は歓声を上げげた。私は台所に入り味噌汁のコンロに火をつけ冷蔵庫から作り置きのタッパーを出す。ポン酢も出す。「うまーい」「さいこーう」私は食卓にタッパーとポン酢を置き、誰も剝がしてくれていない大皿のラップを剝がす。最近プチトマトが高い。旬のはずなのに。自分の分のご飯を茶碗に盛って炊飯器の蓋を閉める。蒸気とパッキンの抵抗を感じる。「ホタルって鳴く？」「鳴く鳴く」「うそー」「ホタルルルー、ホタルールルルーって鳴くの」「パパうそつきー」食卓に茶碗を置く。娘が机の上にツナの油をぼとぼと落としている。卓上にあるべきティッシュがない。娘が使ったのかテレビ前の床に裏返って落ちている。大股で拾いに行くと夏の薄いラグの下になにか硬い小さいものがあって踏んで滑って体勢を崩し、あ痛っ！「わっ」「なにーっ」男女それぞれ代表者さんだけでいいですと言われカウンターで宿帳を書いていた部長と副部長が振り返って「夜、夕食の後ホタル見に行くマイクロバスがあるんだって！」ロビーの売店を見たり地元の工芸品が並んだガラスケースを見たり当温泉の歴史と書かれたパンフレットを見たりしていた私たちはえーいいね面白そう！　俺ホタルってずっと見てみたかったんだよね。あ、私も。「え、あの、それって予約とかいるんですか？」「時間にロビーに集まっていただけたらそれで。マイクロバスは二十人は乗れますし多いときはピストンでしますから。今年は多分今週が最後のホタルですよ」しかし男女それぞれの部屋に荷物を置き温泉に入り食事し二十歳以上の面々はビールや日本酒を飲み再び男女部屋に分かれると、なんかあたし飲んでめんどくさくなったからホタルやめときます、じゃあうちも残る、まだ飲み足りない売店行きたいもっかいお風呂入ろうかなここ卓球台ないんですかね、直前になってつぎつぎ行かないと言い出し私以外の女子はみな残ることになった。じゃあ私もやめとこうかなと言うといや行きなよ行きたがってたじゃん、見たかったらいいんだよ、男子は多分誰か、ほらえぐっちゃん先輩行くって言ってましたよ、そうそうえぐっちゃんそういうの好きだから絶対行く人だからえぐっちゃん一人じゃかわいそうじゃん。浴衣を着ていたのだが、夜の野外に心もとないので翌日着る予定の服に着替えようとするとえ、浴衣のがよくない？　せっかくだし浴衣でホタル。でも蚊とかいそうだし。あー確かにー、でもその服かわいい、似合ってる、だね、だね、あ、これいい匂いするやつつけます？　このピンみいさんに似合うと思わん？　ちょっとだけ色つくリップ、使う？　じゃあいってらっしゃい、楽しんでね！　女子部屋から廊下に出ると男子部屋から果たしてえぐっちゃんがひょろりと出てきて私を見ておーと言った。「え。女子、一人？」なんかみんな飲んだからめんどくさいとか言い出して。「え、うそ、男子もそんな感じ。せっかくなのになー。ホタル見たことある？」ない、初めて。「俺も俺も。子供のころから不思議ーと思ってて」だよね、そうだよね私も。えぐっちゃんもさっきまで浴衣だったが着替えていて、ただ彼の服は今日一日着ていたシャツとズボンで、宿スリッパの中の靴下だけ違っていた。ロビーに行くと、宿の浴衣姿のおばあさんが三人いた。「あら、アナタたちもホタル？」「はい」「ご夫婦？」「若いわよー、カップル？」「いえ、サークル旅行で、部屋にいっぱい、いるんです」三人のうち一人は顔を白く塗って眉も黒く唇赤く、もう二人はおそらく素顔だった。「アナタたちみたい若い人はホタルなんて見たことないでしょ」素顔の一人が言った。手にキティちゃん柄の巾着を下げていてルームキーの直方体が布を突き破りそうに浮き出ている。「ホタル、はい、見たことないんです」「アタシたちみたい年寄りは、子供のころはホタルいくらでもいたのにねえ」「一緒にしないでよ、アタシはそんなことないわよぉ」もう一人のおばあさんが言った。使いこんだうちわを持っている。前髪をふんわり立ち上げたエプロン姿の三田佳子が印刷してある。とても若い。「そうねアンタは都会のお嬢さんだったものね」「お嬢さんってこたないけど」「アタシは田舎者ですからね、ホタルなんてもう佃煮にするほどいたんだから」「えっ！」えぐっちゃんが声を上げた。「ホタルって、食べられるんですか？」素顔のおばあさんたちが口を開けてあっはっはと笑った。お化粧したおばあさんは黙ってお菓子や漬物が並ぶロビーの売店の方を眺めていた。「違う、違う、それくらいいっぱいいたってことよ」「もののたとえよぉ」「若い人から見たら、ホタルもイナゴもおんなしなのねえ」「アンタが悪い、アンタがへんなたとえするから悪い！」はっはっは！　あははははは！　えぐっちゃんも私も一緒に笑った。おばあさんの奥歯が黒かった。「あのね、ほうきをね、竹ぼうき、さーっと振り回すのよ、そしたらそこにいっぱいいホタルがとまるの。引っかかるの。それで、それを、蚊帳の中に入れて振るの。そしたらまた、ホタルが、さーっと散って、蚊帳の中が、光って」「アンタねぇ、カヤがまずわかんないわよ若い人には」「カヤ、カヤ、わかるわよね？」私がわかりますと言ったのと同時にえぐっちゃんは「わかんないです」私たちは顔を見合わせた。「あらアナタ田舎の子ね！　都会のおぼっちゃんに教えてあげなきゃ、蚊帳ってのは、蚊を」ワイシャツとネクタイの上に宿の名前が染め抜かれたハッピを着たおじさんがやってきて「ホタルのお客様！」と言った。「ご参加、ええと、五人様でよろしいですか？」「そうみたいねえ」うちわのおばあさんがロビーを見回した。「もったいないわねえ。滅多に見られないのに」「では、マイクロバスへどうぞ」私たちは下足箱で靴にはき替え外に出た。おばあさんたちは三人とも革靴と運動靴とサンダルが混ざったような靴だった。ホテル前の車寄せにマイクロバスがあった。「お足元、お足元」

と言いながらおじさんがバスの昇降台の脇に腰を落として立った。手を借りながらおばあさんたちが先に乗った。片側に一人掛けの席が並び、通路を挟んで二人掛けの席が並ぶ。えぐっちゃんは二人掛けの席に座ろうとし、「あ、窓際座る?」えっ。「夜だし景色とか、ないか」あ、でも、ありがとう座る窓際、ありがとう。「どうぞどうぞ」私たちの二列前の二人掛け席窓際にお化粧したおばあさんが、隣におそらくキティのおばあさんが座り、通路を挟んだ一人掛けにうちわのおばあさんが座った。「では、こちらを」おじさんが座っている一人一人に懐中電灯とリーフレットを配った。懐中電灯は本体が赤くスライド式のボタンが黄色く手首にかけられる黒い紐がついていた。リーフレットには『清流の宝　わたしたちのホタル』と印刷されていて、その下にはホタルのイラストがあった。頭が赤く胴体が黒くお尻の先が黄色い。光っていることを示す短い黄色い線がお尻から散っている。「出発前に、懐中電灯が光るかご確認願いまーす」私は懐中電灯をつけた。えぐっちゃんもつけた。おばあさんたちもぽ、ぽ、とつけた。お化粧のおばあさんのだけつかなかった。キティのおばあさんが「ねえさん!　ここを、こう、上!」懐中電灯が光り、それが暗い窓に丸く映った。「よろしいですかね。では出発いたしまーす。すぐですのでね。今日は光ってるといいんですが」「エーッ」とキティのおばあさんが叫んだ。「光らないってこと、あるの?」「エー、はい、やはり自然のものですので……今日でしたら一匹もってことはないと思うんですが」「そうなの!」「アンタ、ホタルに詳しそうだったくせ」一人掛け席から身を乗り出してうちわのおばあさんが言った。「だって、光らない日なんて知らないわよ、光るときは毎日、光ってた」「そんなに毎日毎日?」「時期になればね。短い間だけど……そりゃ、雨だったらダメよ。雨の中なら光は、消えちゃう」お化粧をしたおばあさんは窓の外を眺めている。夜の路上は意外に車通りがありしょっちゅうトラックとすれ違った。ライトに合わせ道路脇の木の形が見えたり葉っぱまで見えたり全て消えたりする。暗くなるとえぐっちゃんが映る。猫背を直せば多分サークルの男子で一番背が高い。目を落としリーフレットを開いた。『ホタルの一生は大半が水の中です。美しい水の中にしか暮らせません。成虫が光るのは結婚相手を見つけるためです』思ったより字が小さい。酔うかもしれない。顔を上げた。ねえねえ、と私は隣に座るえぐっちゃんに囁いた。蚊帳くらい知ってたよね?「知ってたけど」えぐっちゃんも私の耳に口を近づけ「説明させてあげた方がいいのかなと思って」ミントの匂いがした。や、やさしい。「やさしいかな」「アナタたち!」キティのおばあさんがこちらを振り向いて「アナタたちの日頃の行いが試されるよ!」「え?」「アナタたちの日頃の行い!　よければホタルが光る、悪けりゃ光らない!」「そんな無茶なぁ」うちわのおばあさんが激しくうちわを振った。「若い人に絡まないでよぉ、もーう。あれきりしか飲んでないくせ……」「いーやいーや」キティのおばあさんはうちわのおばあさんに向き直り「日頃の行いっていうのは、あるのよ」ぱちっと音がして、窓の外側になにか虫がぶつかって弾けて後ろに飛んでいった。窓に白い脂の筋のようなものが残った。「こういうときにそれがわかんのよ。いるでしょ、なんだってかんだって間が悪いような人。日頃の行いなのよ。つもりつもって。大悪党じゃなくっても」「ごめんなさいねぇ、酔っててねぇこの人」うちわのおばあさんが私とえぐっちゃんをあおいだ。結構しっかり風がきた。えぐっちゃんは微笑んで「じゃあ、僕たちの日頃の行いがいいよう、祈ります」マイクロバスが曲がって突然がくがくがく、と車体が揺れ停車しおじさんが着きましたと言った。「懐中電灯を持ってお降りくださーい」降りるときも昇降台の脇でおじさんが「お足元、お足元」足元を照らしてくれた。地面は少し柔らかかった。ぐにゃぐにゃではないがちょっと前まで雨が降っていたような湿りを感じた。草の匂いがした。静かだった。なにか踏んだのかあらヤダァとおばあさんの誰かが言った。少し離れたところにライトが立っていて、光の中に案内板があった。清流とホタル自然ふれあい公園と書いてあった。地図らしきものもあった。公園の中に天然の川が流れているらしい。視界にホタルなんていなかった。えぐっちゃんを見上げた。えぐっちゃんは熱心に地面をあちこち照らしていた。石や草が見えた。虫の声がした。遠くから近づいてくるように高まり突然うるさいほどになった。リーリーとかジージーとかキュルキュルカチカチ、文字に分解できないようなさまざまな音、「少し歩きまーす！」おじさんが言った途端虫の声が小さくなった。小さくなったというか、聞こえているがぼんやり溶け合うような、ＢＧＭに後退したような、あるいはおじさんの声に反応して近くの虫が鳴くのをやめたのかもしれない。「お足元、お足元、どうかお気をつけくださいー！」「ねえさん手、持とうか」おばあさんの一人が言って、おそらくお化粧したおばあさんの腕を摑んだ。「この先に川がありますので先に先に行かないでくださいね！」歩くとジーパンとスニーカーの間の皮膚に草の先らしいものが触った。どれも柔らかく尖り少し濡れているように感じた。ときどきおばあさんがオットット、というような声を出した。水の音が聞こえた。「はい、では懐中電灯を消してくださーい！」私たちは立ち止まり懐中電灯を消した。一人消すのが遅れた。真っ暗になった。はっきり水が流れる音が聞こえた。数歩先に川があるようだ。暗い中に緑色の光が見えた。うそのように小さいが強い光だった。アッ、いる、いる！　おばあさんが小さく叫んだ。別のおばあさんがシィッと言った。光はひとつではなくいくつかあった。光は糸を引くように動いた。その糸の起点は小さく線は細いのに、動くにつれて残る軌跡は一瞬ふわっと膨らんでから消えた。どこかに静止したまま光ったり消えたりする点もあった。私たちが黙っていると光は増えた。川の向こうに木があって、張り出した枝の手前、奥、横切るように光って消え、また別の光が反対側から、強い光と弱い光があった。のっぺり暗かった視界が奥行きを有し、小さい浅そうな川にせり出す草の葉にも光、葉っぱの裏にも光、ばさばさと右側から風がきて甘い匂いがして、あおがれるうちわの裏側の白さが見え隠れした。目が暗さに慣れていた。えぐっちゃんの顔を見上げると口を少し開けじっと目の前を見ていた。一匹が私の方にやってきて、光の周囲が暗くなりえぐっちゃんも消えて私の手で触れられそうにその光は近く、手を伸ばしたが途端にその距離はぜんぜん遠いことがわかってハハ、と小さくえぐっちゃんが笑うのが聞こえ彼の前歯も白かった。おばあさんの一人がきれいいねえ、と唸った。「こんなに強く、光るのねえ」「すごいな」すごいね。「触ったら熱そうなくらい光るね」熱くないんだよね。「熱くないはず」「むかしはねえ」おばあさんの一人が言った。「この光を集めて電気みたいにして勉強したんだから」「それは歌の話でしょぉ」「ええ?」「ほたーるのぉ、ひかーぁり、まどぉーのゆきーって」「アンタオンチねえ」「そうぉ?」「アンタはオンチ、むかしっから」シュッと息を吸う音がして、突然聞き覚えのない高い声が歌い出した。「え?」「アッ」メロディーは蛍の光そのものなのだが歌詞はまったく違って日本語ではない。英語でもなさそうだがわからない、とにかくなにか外国語、声はとてもきれいで豊かで滑らかだった。「ほらもうねえさん」とおばあさんの一人が言った。「歌わないでよぉ急にぃ……アンタがオンチオンチ刺激するから……」「ねえちょっとねえさん」「もうねえさん」歌っているのはだからお化粧しているおばあさんらしかった。歌詞はどれもまったく聞きとれないが声は本当によかった。虫の声とすら調和して聞こえた。えぐっちゃんの手を握ってみると軽く握り返された。ひんやり乾いているかと思ったら温かく湿っていた。夏の夜、川べり、風はむしろ涼しい。ホタルは数を増やしているように見えた。途中から二人のおばあさんは黙った。お化粧をしたおばあさんは歌い続け、私の感覚では二番まで歌ったところで歌いやめた。ぱちぱちぱち、と誰かが拍手した。おそらく宿のおじさんだった。えぐっちゃんもした。さっと離れた手が一瞬で冷えて濡れて感じた。私もした。「ごめんなさいねえ、もう!」おばあさんの一人が言った。もう一人もなにか言うかと思ったが言わなかった。鼻を啜る音がした。「アレッ、ヤヨイさん?」「ねえさんったら……ねえさんったら……」歌ったおばあさんはそれからなにも言わなかった。ジャキジャキジャキジャキ、虫の声がものすごく大きく聞こえた。自分の肩か後頭部にでも止まっているのではと慌てて首を捻り手で撫でたがなにもいなかった。借りたピンについている小さい金属とビーズの飾りが指先に触れた。バスの中でキティのおばあさんが「アナタたちの日頃の行いはよかったのねえ！」と笑った。「ありがとうねえ！」「いえいえそんな」「冥土《めいど》の土産、この歳になったらもう全部、冥土の土産」おばあさんはロビーで巾着から出したミルキーを私とえぐっちゃんにくれた。えぐっちゃんは「甘いの苦手なので」と断った。「ならアナタふたつぶ食べなさい」おばあさんは私の手の上にもうひとつ載せた。部屋に戻ると起きている全員がさっとこちらを見上げ、おかえりー！　おかえり！　どうだった？　どうだった？　きれいだったよ、ホタル、いっぱいいたよ。楽しかった？　うん、みんなもくればよかったのに。部屋には布団が敷いてある。残っていた面々は隅に寄せた座卓でなにか飲みつつウノをやっていたようだった。布団の中や上で寝ている人もいた。で、えぐっちゃん、きてた？　うんきてた。やっぱりねー！　二人？　他の男子は？　いなかった、二人だった、あとおばあさんたちがいた。おばあさんかー！　一人が後ろ向きに布団の上に倒れた。はだけた浴衣から濃い緑色のタンクトップが見えた。彼女はサークルで一番胸が大きい。あ、これ、髪、ピンありがとう。あ、うんうん、そのリップの色みいさん似合ってるよ。え、ありがとう。私はもう一度お風呂に入ることにした。誰か行く？　あたしさっき行ったからいい、朝風呂にしようかな、私はミルキーを口に入れ一人で大浴場に行った。女湯には誰もいなかった。顔を洗い髪ももう一度洗っているうちミルキーは消えた。露天風呂はあまりに暗く少し怖かったので行かなかった。大きい浴槽で足を伸ばしていると誰か入ってきた。おばあさんだった。あ、どうも。「あら！　ホタルの？　見れて良かったわねぇ」ええ、そうですね。「ほんとに、アナタたちの行いがよかったのかもねぇ」ざっと前だけ流して大浴槽にやってきたおばあさんは多分ミルキーをくれた人らしかったのでありがとうございましたミルキーと言うと「あの人はねぇ、いっつもあぁいう甘いの持ち歩いて、糖尿のケがあるくせ、だめなの」おばあさんは浴槽の縁に腰掛け足だけ湯につけ股に軽く畳んだタオルを置いた。ああ、そうなんですか。「そうなのよぉ。アタシたち姉妹、一人はお嫁さんだから義理なんだけど、三人とも先に夫亡くしてさーぁ、未亡人三姉妹、アハハ。年にいっぺん温泉きて骨休め」いいですね。「ずうっと家にいると、いくら夫いなくたってお嫁さんあれこれしてくれたって孫がかわいくたって、やっぱり、気が、ねぇ。だから年に一度は、行けるうちは」いいですね。「大学生って言った？　いいわねぇ、若いわねぇ。いま就職大変なんでしょ？　長男とこの孫が苦労しててね。おばあちゃんもう無理、いやだぁ、行くとこ行くとこ落ちてやんなっちゃったって電話で泣くから。過ぎたら全部いい思い出よって、言い聞かせるんだけどウソだあ、いい思い出なんかなるわけないこんなのって。早く済まして忘れたいって」そうですよね……「あんまりかわいそうでね、お小遣い送ってやった、アハハッ、嫁には内緒。アタシたちはそりゃ時代で大苦労したけどさ、いまの子はいまなりの苦労がねぇ」あの、さっき、歌、一緒におられた方すごく上手でしたね、外国語の……。「ああ、アレはね」おばあさんはタオルを持ち上げざっと顔を拭いてまた戻してにっこりした。「もうちょっとここがね、頭がねぇ、なんでも忘れちゃって消えちゃって……ママさんコーラスずっとやってた人だから」あ、元声楽家とかそういう感じなのかと思っちゃいました私。あんまり、上手で。「セイガクカ？　歌手ってことぉ？　いやいやいや、ハハハ、とんでもない、百姓の娘がお見合いで元百姓のサラリーマン嫁いでそれからずっと、ただの主婦……でもあの歌、英語あるのねぇ。おんなし意味かしら。蛍雪のコウったら中国よねぇ。どっちが本当なのかしら……ああ、いいお湯、温泉はいいいね、温泉に住みたいけど、住んだら住んだで厄介よねぇ」突然私は自分がのぼせそうになっていることに気づいて立ち上がった。あの、のぼせそうなのでお先に失礼しますね。「あらそうね、いい旅を。若い子の体はいいね、ぷりぷり……」いやいや私は、ぜんぜん。「あの男の子、彼氏じゃないの？」違いますね。「そう、いい子そうだったのに」そうかもしれないですね。「ああでも、甘いの嫌いな男は酒飲みね。酒飲みは、だめねぇ」浴衣を着て部屋に戻り服を畳もうとするとポケットからミルキーが落ちた。えぐっちゃんは甘いものも食べる。むしろ好きなはずだ。朝ご飯のバイキングに並んでいるとき尋ねると「だって知らないおばあさんからもらったお菓子とか普通に怖くない？」そう？「え、食べたの？」食べた。「……みえちゃんてさ、意外と結構大胆だよね」そう？　えぐっちゃんは大きな銀色の保温容器から味噌汁をすくいながら「あのさあバイトって、週どれくらい入ってる？」え？「俺んとこ水曜定休だから絶対休み、なんだけど」「ママどしたのー」「大丈夫ー？」ラグの下から出てきたのは半透明のハートにピンクの短い持ち手がついたライトだった。数期前のプリキュア映画のおまけ、上映中光らせて振ってプリキュアたちを応援する。ほらこれ！「あーごめーん」あのさあ、こういうの片づけてねって言ってるのにいつも！「ごめーん」こんなとこ隠すみたいに放っとくなら捨ててよ、これもう光らないし。「電池替えてあげたら？」電池替えれるようになってない、使い捨て！　大体娘はプリキュアのアニメ自体は前々期いやさらにもうひとつ前？　から見ていない。友達が遊びにくるときなどは関連のおもちゃを隠している。あーもう、ママこけてテレビとか突っこんだら大怪我だったよ！　手首グキってなった！「まーまーみえさん。ご飯食べようよご飯おいしいよ」夫はご飯の上に載せたツナを頬張り発泡酒を飲んだ。だからさあこういう硬い小さいの、すごい痛いし危ないんだから！「かえしてよ」娘は立ち上がると怒ったように私の手からライトを奪いおもちゃ入れに投げた。勢いの割に軽い音がした。大事なものなら大事にしてよ！「ママうるさい！」「ほらほら豚しゃぶもおいしいよー、みえさんも食べなよー」土曜日、娘は張り切って準備をした。服のコーディネート、土日分の宿題も金曜日に済ませ、いつもは嫌がる日記の宿題が今週末出ていないことを悔しがった。晴れのち曇り、夜半から明け方にかけて少し降るかもしれない予報だったが六時から九時は保ちそうだった。私は冷たすぎないお茶の水筒、粉やかけらの落ちないおやつ、ゴミ入れジップ袋、行き帰りの酔い止め、万が一の現金も少し。お礼にちょっとした果物も用意しているがそれは娘を送ってもらった帰りにココちゃんのママに手渡した方がいいだろう。出かける直前に食べると気分が悪くなるかもしれないと昼食、おやつと前倒しして五時過ぎには夕食、たくさん食べるのも危険かとツナサンドと野菜スープにした。一口齧《かじ》って娘は「おしょうゆ入れた？　ツナマヨはしょうゆがきめ手なんだよ！」うん、今度から気をつけるね。「ママ食べないの？」まだお腹空いてないから、後でいいよありがとう。娘を送り出したら近所の居酒屋へ行くつもりだった。ひさびさの一人の夜、本当にひさびさの一人の夜、酔っていたらあとでココちゃんのママに気まずいだろうからほんの少しだけ、生ビール、なにか刺身あれば馬刺し、もつ煮こみ季節の天ぷら、ハイボール、その後に一人でゆっくり風呂に入る時間はあるだろうか。飲んで風呂上がり顔だったらさすがにばれるか……おやつ食べるときはココちゃんにも分けてね。もしココちゃんかココちゃんのママになにかもらったらお礼言って、帰ったらなにもらったかママに教えてよ。「わかったって。わかってるって、わたしをなんさいだと思ってるの……あ、そろそろトイレ行っとかないとねー」窓の外が妙に暗い。スマホが鳴った。『どうもホタル川のある山の辺りは降っているみたいで（sweat）残念だけれど今回はキャンセルで（cry）せっかくだったのに梨穂ちゃんごめんね（sorry）』トイレから戻ってきた娘は泣いて暴れた。「なんで！　なんで！」残念だったね「いやだ！　いやだ！」仕方ないの、山の中の川で、万が一ってあったら大変だから「なんで！　なんで！」天気はしょうがないから誰にもどうしようもないから「もうこんなせかい、しんでとじて、おわればいい！」えー世界規模なのー『お知らせくださりありがとう（down）出発前でよかったです（sweat）また気候が落ち着いたらどこか行こうね（thumbs up）』夫からは仕事終わりに飲んでくるという連絡が昼に入っていたが『ホタルがキャンセル、リホ怒って暴れてる』ね、今度見に行こうよホタル。ココちゃんママに場所聞いてさ。「いやだ！　いやだ！」『おーまじ？　一軒目で切り上げて帰ろうか（cheers）』飲みはするのか。「いやだー！　ママいやだー！」『できればはやめに』ママもいつか、見たいなーホタル。一緒に見ようよね。「知らない！　知らない！　知らない！」ホタルってさあ、光っても触っても熱くないんだって。「知ってるよそんなの！　せかい中ぜんいんが知ってる！」本当に知っているだろうか。誰が本当にそんなことを知っているだろうか。『りょうかーい！梨穂ちゃんに優しくしたげてねー（dash）』「なんでー！」なんでだろうねえ、目を閉じて娘のお気に入りのブラウス越しに彼女の背中を撫でる。肩甲骨、背骨、汗ばんでいるのがわかる。川の匂いがする。目を開けると窓ガラスに水滴がつきはじめている。

ものごころごろ

「なああオレこれから毎日お前んちに行っていい?」エイジが宏に言った。「ハツに会いに?」「そう!」ハツはエイジと宏が一緒に保護した迷い犬だった。怪我をしていたので動物病院に預け、その間に元の飼い主の尋ねを出したが誰も名乗り出ないので宏の家で飼うことになった。宏は目を伏せて「いいと思う、けど」宏とエイジは幼稚園からのつき合いだった。低学年のころはよく一緒に遊んでいたが宏が受験塾に通い出してからその頻度は落ちた。「やったー! オレ、ハツと散歩行く!」「散歩、どういう風にするかとか、まだ決まってない。親がするかもしれないし」普通ならあなたが拾ったんだからあなたが世話しなさいよと言われるのだろうと宏は思った。アニメとかドラマでは大概そう、それが子供にとって絶対不可能とわかった上で親は言う。しかし宏は小五の秋を過ごす中学受験専門塾生で春になれば六年生、塾通いの頻度は増え帰宅も遅くなりその分就寝時間も後ろ倒しになるだろう。朝夕犬の散歩をする余裕があるかどうか、余裕があると母親がみなすかどうか見当もつかなかった。「オレ、宏の親と一緒でもいいーぜっ」「え?」「お前のかーさんやさしーじゃん」そうか? 本当にそう思うか？　宏は頷くような首を振るような仕草をした。「俺いなくてもいいのかよ」「え？　宏いねえの？」「塾あるから」「まいんちじゃないじゃん」「毎日じゃない、けど、まだ」「なんならオレ一人でも散歩できるぜ多分！」「そんなのダメに決まってるでしょうなに考えてるの」宏の母親は言い切った。「よその子に犬の散歩、させるなんて……わかってる？　宏くんも、本番終わるまで一人で散歩はダメだからね」「本番」「もし犬が急に走ったりしたら転ぶかもしれない。直前に右手骨折して本番ダメだった子がいるって、怖い話」「本番」「六年生になったら自転車も禁止だからね。夕方のお散歩はお母さんが行くから。宏くんは朝のお散歩をお父さんと行って。リードは絶対お父さんに持ってもらってよ。どうせお父さんはちょっと運動した方がいいんだしお腹」「夕方の散歩、エイジ来てもいい？」「え？　だから、夕方の散歩は、宏くんを塾に送ってってから一回家に戻ってお母さんが」「いや、だから、俺、抜きで……」母親は露骨に顔をしかめかけてからすぐ微笑んだ。眉間に皺が残っている。「私とエイジくんで？　それは無理でしょう」「なんで」母は眉毛をくっと上の方に持ち上げた。「なんでって、じゃあお母さんのお友達と宏くんご一緒にお散歩行ってきてねって言われたら、嬉しい？」「無理」母の友達なんて宏は一人も知らない。「でしょ？　この犬がどういう性格かもまだわからないんだし、体力はありそうだって木原先生おっしゃってたし、私犬とエイジくん両方のお世話なんてできないわよ健ちゃんだって連れてかなきゃならないかもしれないのに」最初にハツを見たときのことを思い出す。血を流しながら石だらけの川原を走ってなにかから逃げていたあの脚の伸び方縮み方を思い出す。そしてそれを追いかけるエイジの横顔というか体を思い出す。背は小さいのに走っていると大きく見えて、しかし、ハツが怪我をしていなかったら、最終的に力尽きて倒れなかったら、多分エイジにだって追いつけるものではなかった。宏は彼らを土手の上から見下ろしていた。犬はまるで風を生んでいるように見えた。エイジはその風を増幅させているように見えた。宏だけぜんぜん遠いところにいた。犬は一体どれくらい遠くからどれくらい連続して走り続けられるのだろう。犬の怪我は人間の仕業だろうと動物病院の木原先生は言った。刃物でグッと……幸い傷は小さかった。宏の家に迎える日、絆創膏のようなガーゼを外した患部の毛は一度四角く剃られた後すでに生えかけていて、小さく薄赤く膨らんだ部分が見えた。犬は痛そうではなかった。バイキンが入っていなくてよかったねと木原先生は言った。あの川はきれいとはおそらく言い難いからね、運がいい犬だね。川土手は所々パイプが通って濁った水が川に流れ落ちている。昔は鮎や鰻が釣れたと聞いたことがある。いまも目の細かい網で水をさらうと小さい魚が捕れてそれを子供らはメダカと呼ぶが本当はメダカではなくて別の魚の稚魚だ。野生のメダカはもうこういう住宅街の川にはいないという。「高度経済成長に伴う環境汚染によって、多くの野生動物が激減・絶滅しました」生き物の話なら理科だが、高度経済成長に伴う環境汚染なら社会だ。四大公害事件とはなにか。イタイイタイ病―富山県、水俣《みなまた》病―熊本県、四日市ぜんそく―三重県、新潟水俣病―新潟県。重化学工業、カドミウム、メチル水銀、チッソ、神通川《じんずうがわ》、亜硫酸ガス、八代海《やつしろかい》、阿賀野《あがの》川、行ったこともない土地の見たこともない海や川の名前、「単語に飛びつくんじゃなくてなにが問われているのかちゃんと問題文を理解して。こういうの引っかけ多いよ」四年のときは算数と国語だけだった塾の授業に五年から理科社会が加わった。算数と国語だけで受験できる学校もあるが宏の第一志望校は四科目だ。母親にほら、と小声で肩をつつかれる。あの人、宏くんの行きたい学校の高等部の制服。本当に自分がその学校へ行きたいのだろうかとも思う。偏差値とか出題傾向とか家からどれくらいで通えるかとか、伝統、大学進学率、親と塾がとりあえずと決めたはずなのにいつの間にかそれが決定事項になっていて破るのはまるでわがままや怠惰であるかのようだ。いま頑張れば将来がうんと自由になるから。選択肢は多い方が絶対に幸せよ。自分で自分を狭めちゃいけない、君たちの可能性無限大！　宏は毎朝リードを持つ父親と並んで歩きハッの便を拾った。毎日同じものを同じ量食べているせいか便も毎日同じ量同じ形同じ色だった。母がお散歩バッグと呼び、宏が内心うんこバッグと呼んでいるビニールコーティングされた小さい手提げの中に入れてある黒い薄い大便用ビニール袋に手を入れ広げ地面の便をつかんでくるっと裏返して口を結ぶ。手が汚れないとわかっていても指先が湿る感じがするのは温度差による水蒸気だろうかと宏は思う。出したての便は温かく、それがつかんでいる間にみるみる冷えていく。父親と宏は散歩の間ほとんど喋らない。宏がしゃがんで便を拾う間父親は黙って立っている。ハツは座るか立ったままで空気を嗅いでいる。大便用袋は母が犬用通販カタログで買った。カタログは木原動物病院に無料で置いてあった。消臭殺菌機能がある大便入れ専用ビニール、『透けない黒なので中身が見えず快適！　燃やしてもダイオキシンを出しません※トイレには流せません※一回で使い捨ててください』カタログには体質年齢体型別ドッグフード、名入れできる迷子札やセミオーダー首輪などが掲載されていた。歯磨き兼用おもちゃ、犬が夢中になる暇つぶしビデオ、銀製の首輪チェーン、口輪や躾《しつけ》スプレーというようなものもあった。無駄吠えでお困りのあなたに。ワンちゃんのトレーニングに。「こんなのいらないいい犬でよかったわねえハッちゃんは。うちにきてもう何ヶ月？　三ヶ月と少し？　最初はどうなることかと思ったけど。もうちょっと愛想があってもいいと思うけど、でも、いい犬よ。犬がいると心が豊かになる」いい犬とはどんな犬だろう。無駄吠えしない、飼い主に牙を剝かない、してほしくないところで排尿排便しない、呼べば来る。木原先生はこの犬はあと十年は生きるかもしれないと言った。もっとかもしれない。十年後、宏はもう年齢上は大人になっている。この家にはいないかもしれない。そうしたらハツを連れて行けるだろうか。中学生、高校生、大学生、社会人、一人暮らしのアパート、イメージが像を結ばない、そもそも自分は中学のあと高校に行くのか、大学にも行くのか、それだってわからない自由なはずなのに多分でもそれはある程度もう決まってもいる。旅人算、鶴亀算、時計算、年齢算「年齢差は何年経っても変わりませんが、その割合は長生きするごとに縮まっていきますね、五歳は十歳の二分の一ですが五十歳は五十五歳の十一分の十ハイここまで理解できていない人？」ハツは決してリードを強く引っ張らない。行きたくないそぶりは見せても父親が行くぞと言って少し引くとついてくる。

ハツが川原を走っていたときの顔は獰猛だった。なにかの拍子にあの表情がまたハツの顔に浮かぶのだろうか。眉間や鼻の周りに憎しみの形の皺が盛り上がって……見たいような見たくないような、見たとしても自分には制御できない、でもあれが本当のハツなのではとも思う。本当のハツ、偽物のハツ、いや別に偽ではなくて、誰だって自分だっていろいろなことを本当のままではいられない。ときどきハツは土手の茂みにはっと顔を向ける。立ち止まって鼻を動かすときもある。鳥か野良猫か他の犬のにおいか気配があるのだろう。歩きながらハツ、と呼ぶ。ハツはこちらを向くときもあるし向かないときもある。チョコレート色のダックスフントとすれ違う。ダックスフントの毛は歩くたび耳から胴体から尾っぽから意気揚々とうねって光る。ダックスフントの飼い主は寒いのに半袖で日焼けした腕の筋肉をつやつや光らせている。「なんかすげえな」すれ違ってしばらくして父親がつぶやいた。「なんか、ギラギラしてんなあ、犬も飼い主も。ハツは、なんつうか静かだな。枯れてんな」父はハツのあの顔を知らないのだ。宏とエイジしか知らない。

ハツが宏の家に来て以来、エイジは毎日宏と一緒に下校した。宏は週四日塾に行く。塾がない日は宿題がある。だから一緒に帰ってもそのあと遊ぶことはほぼできないが、帰宅してから塾へ行くまでの間、エイジはハツを撫でたり話しかけたり庭でちょっとボールを投げたりして遊ぶ。弟の健人が加わることもある。健人は宏が塾に通い出した四年生になったが塾には行っていない。「健ちゃんは、いいのよ。いまのままでおおらかのんびりで」「大器晩成、適材適所」エイジは幼稚園のころのサッカー教室以来習い事をしていない。ばあちゃんがそろばんへ通えそうしたら小遣いをやると言ってきたが断固断った。「悪いんだけどさ」宏は六年生になって数日目、家についてこようとするエイジに言った。「六年なったらもう基本毎日塾なんだよ」「まいんち?!　すげえな。ずっと勉強すんの」「休むし、弁当も食うけど」「うまい?」「弁当?　まあ普通だしうまいとかまずいとかじゃないんだよ」教室で市販のパンやコンビニ弁当を広げている者はいない。私語禁止ではないからみな普通に喋る声の合間にそれぞれの母親が作ったおにぎりや唐揚げや卵焼きやポテトサラダが入ったプラスチックの弁当箱と弁当箸がパチパチ鳴る。「おやつは?」「ない。だからもううち、来るなよ」「なんで?」「さっと帰って準備して塾行って、自習室とかあんだよ。いろいろあんだよ」「いろいろって、なんだよ」「とにかく。悪いけど」「えー!　でも、オレだって、ハッと遊びてえよ。散歩だってしたいし。いつんなったらハッと宏と三人で散歩、行けんの」「行きたいか?」宏はエイジの目を見た。授業中居眠りでもしたのか目尻に白い乾いた目やにがくっついていた。肌が黒いから目立つ。汚ねえなと宏は思った。それは涙の跡のようにも見えた。もしそうなら汚くない、いや汚いかやっぱり。鏡見ろよ。宏は自分の目を擦った。エイジはまだ声変わりしない。気配もない。宏はすっかり低い声が馴染み口元の産毛が多分クラスの男子で一番濃い。春休み中に床屋で散髪するついでにはじめて髭を剃った。床屋のおじさんは「男前になった。男前になった」と手を叩いた。おばさんが「なに言ってんの!　宏くんはずうっと、男前!」「おおそうだな!」「まち一番の、男前ッ！」鏡の中の、首に布を巻きつけられている自分の顔にたったあれだけの影がなくなっただけで見慣れないものになって、いや、自分の顔をまじまじ見ることなんてない。自分だって鏡なんてろくすっぽ見ない。でも髭を剃るなら自分で自分を多分ちゃんと見ないといけない。怪我をする。「散歩、朝とか、行きたいか？」「だからー！　行きたいっつってるだろ！　いいな宏は！　ハツがいて！　毎日毎日！」あのねえ宏くん、と母親に言われた。「やっぱりエイジくんと二人でお喋りしながら帰ってたら時間もかかるし、悪いこと言わない、ハッちゃんだってもう大丈夫よちゃんと私たちがかわいがってあげてるんだから。大体エイジくんのお宅からうちずっと遠回りじゃない。うちまで毎日来させちゃかわいそうじゃない」かわいそうなんてことはない。母親だって本当には思っていない。宏はしかし、実際、エイジと家まで並んで歩く間の会話が、どことなく上の空というか心底楽しいわけではない気もしている。基本的にエイジが喋って宏は聞く。「同い年でも、そういう差が出てきちゃうところなのよ宏くんは大人びているから特に」数人の女子たちが通りかかり、一人が中村くん、バイバイ、と言った。「あ、バイバイ」宏が応えると女子たちがわあっと笑って走り去った。バイバイしちゃった！　と弾む声がどの後ろ頭かわからない。クラスでは後頭部の高い位置で一つに結んだ髪を二つ三つに分けてそれぞれを細く三つ編みにするのが流行している。先っぽにつける髪ゴムの色がね、知ってる？　ピンクだったら恋が叶う、青だったら成績アップ、赤だったらスポーツ運、黒は陰謀、白だったら、なにかを失ってなにかを得る、おまじない……「お母さんはね、もう、そういうの選ばなきゃいけないころなんだと思うの宏くんも」「じゃあさ、オレ、勝手にハツと遊んでていい?」「勝手に?」「お前塾行った後とか。庭で」「俺いなくても、いいの?」「そりゃいたほうがいいけど、でもダメなんだろ」「ダメだな」「じゃあー、しょうがないじゃん」ハツは宏の家の庭につないである。犬小屋もあるが日中は大概その外に出て寝ている。天気が悪いときなどは玄関に入っている。駐車場に車がなければ宏の母親は家にいない。

「ハッーハッー」エイジが道からそっと声をかけると目を開け立ち上がり尾を軽く振った。エイジは庭に入りハツを撫でる。魚肉ソーセージを持ってきた。下校すると食卓にごそっと何本も置いてあった。多分祖母がもらったのだろう。生まれたときから一緒に暮らす祖母はよく人からなにかをもらう。野菜だったり柿だったり、菓子、インスタントコーヒー、お茶漬けの素、多分同じように祖母も人になにかあげている。ハツの首は太くなった。脚も太くなった。子犬ではないがまだ若い、成長している。もう元気になっている、傷もほとんどわからない。宏がハツを飼ってくれてよかった。庭もあるし母さんもやさしいし健人もかわいいし宏はいいやつ父さんはよく知らないが、自分の家は古くて狭くてばあちゃんは年寄りで母親は犬が大嫌いで父親も兄弟もいない。宏が飼えなかったらハツは保健所、保健室は楽しい、エイジはよく絆創膏を貼ってもらうし、頭やお腹が痛い同級生につきそってあちこち覗いて回るのはものすごく楽しい、なのに保健所に行くと犬は殺される、保健室と保健所なんてほとんど同じみたいなのに。ハツを撫でると白っぽい毛は短く固く、毛の表面がツルッと固い物質で覆われているのがわかる、一本一本、不思議だ。ハツの毛は日光なのか体温なのかわからない温かさで顔をくっつけると乾パンのにおいがする。エイジは乾パンが好きだ。なにかのとき用の乾パンを勝手に開けて食べて叱られる。味がないようでちゃんとあって、噛んでいると頭蓋骨に大きく音が響いて息をすると口から粉が吹き出て廊下の薄暗い空気に光って漂う。ハツの鼻先でソーセージをぶらぶらさせると尾を振ってお座りした。ハツは教えるまでもなくお座りやお手ができた。どんな飼われ方だったかわからないが元飼い犬なのだ。ハツの目が光る。マテ。犬に言うとき待てはマテという感じになる。オテ。フセ。オスワリ。ソーセージの先の金属の輪っかの下をかじる。ちぎれないようにフィルムをめくる。握りしめてきたソーセージはぬるい。エイジは体温が高い。元気なのに三七度五分とか出るときがある。プールを拒まれてごねる。いつもそのくらい、あるんだよ！　オレは熱いの！　燃えてんの！　薄ピンクのソーセージをちぎって手に載せる。マテ。ハツはエイジを見る。ヨシ。エイジが頷くとハツはソーセージを食べる。噛むのではない角度で大きな尖った歯がエイジの手のひらに当たり唾液がつく。一瞬温かくてすぐ冷える。ハツの口からカッカッと歯が当たる音がする。すぐ飲んでハツはエイジを見る。エイジはハツの黒目ばかりの目を見る。地面にソーセージを置いてマテと言う。ヨシ。芝の切れ端が濡れた鼻先につく。ハツの鼻は真ん中のところの色が少し薄い。エイジはフィルムにくっついたソーセージを前歯で剥がして食べる、うまい。車の音がした。エイジは体を硬くした。宏の母が帰ってきたかも、慌てて身を低くして家の裏側に隠れる。案の定エンジン音は宏の庭の脇にある車庫に入りしばらくして消え、鍵の音、玄関が開く音、閉まる音、エイジはそっと庭を出た。ハツを見るとハツもエイジを見ていて尾を少し振った。

風呂から上がると母親が尖った声でいま電話あったけどと言った。「アンタ勝手に犬に餌やったって？」「えっ」なんでばれてんの、と口に出していないはずなのに母親は「下の息子が見ておりましたって」「あー」健人、家の中にいたのか、声かけろよ。風呂上がりの母は眉毛がほぼない。「あんたねえ、人んちの犬に」人んちかもしれないけれどハツは人の犬ではない、オレも、オレが……母親は冷たい声で「なにやったの」「ソーセージ」「やっぱりィ」母親は嫌そうに眉を顰めわざとらしく高い声を出し「恐れ入りますけれどもー、人間の食べ物は犬には毒になるものもありますしー、念のため木原動物病院の先生にもお電話しましてー、様子見でいいとのことでしたがことによったら胃の洗浄ですとかー、大ごとにもなりかねませんのでー、エイジくんにもご指導いただけますでしょうかー？」宏の母親の真似らしいが宏の母親の声はむしろ低い。「あー木原せんせー元気かなー」「もうあの家行くな」「えーっ」「おやつも、適宜与えておりますのでーって。適宜だって。テキギ。あのさあエイジほんとやめて。いい？宏くん塾なんでしょ？だったら家、行くな」「でも、ハツが」「もうあっちの家の犬！いい？行くんじゃないよ。次あんたもう警察呼ばれたってしょうがないんだからね」「うー」「お受験の邪魔もしないで。面倒くさい。毎日塾なんてほんと、宏くんがしたいんならいいけどそんなわけないじゃん小六の男子が、カワイソーに、ねえ？」「いまからだって遅かーない！」祖母が大声を出した。「エイジもそろばん行けば小遣いやるよ！」宏が塾で毎日どんなことをしているのかエイジは想像しようとしてもできない。「九九の五十一段とか？」「インドか」宏は少し笑い、「いろいろあんだよ」「いろいろ」「ナントカ算とか」「なんとかざん」「いろいろ、あるんだよ、やるんだよ、毎日繰り返し」楽しい？　と聞かれた気がしてあ？　と聞き返すとエイジは給食献立表の掲示を見て今月のデザートの回数を数えていた。

新一年生のクラス分けは校舎の入り口の前に貼り出されていた。二月に合格発表が貼られていたのと同じ、キャスター式の大きなホワイトボードだ。宏は一―Aだった。中村という名字は大体クラスの真ん中より少し後ろあたりにある。ＡＢＣＤ四クラス。入試の成績等によって分けられているらしいが、別にＡが優秀でＤが下ということではないらしい。「高校からは理系文系と、それぞれ特進クラスっていうのに分かれるんだって」新調したスーツ姿の母は嬉しそうに言った。「クラスで成績がわかるなんて塾みたいね」ここは市内というか県内二番目の偏差値の私立男子中高一貫校、宏の第一志望校、合格したときは泣けたがそれは合格を喜ぶ涙よりはもう受験勉強しなくていい涙で、同時に、中学受験勉強はしなくてよくても勉強しなくていいわけではないこともわかっていた。自宅から駅まで自転車で約二十分、駅から電車で八駅二十五分、乗り換えはないが駅から徒歩で大体十五分計一時間、よく考えると宏はバスにも在来線にもほとんど乗ったことがない。入学式は両親と一緒に学校近くのパーキングまで車で来た。明日からは一人、母に言われて春休み中に何度か登校練習をした。定期券も買ってもらった。高くて驚いた。これで毎朝切符を買うより安いなら、どうしてこんなにたくさんの人がわざわざそんなお金を出して時間もかけて移動しているのだろうと思った。最寄駅の通勤通学時間には上りも下りもどちらの電車にも人がたくさん乗っている。だったら、それぞれ自分の場所に留まったままで近くのどこかで勉強したり働いたりすればいいんじゃないだろうか……もちろんそうはいかないし他ならぬ自分自身だってそうやってこれから毎朝移動するのだ。親たちは先に講堂へ行く。両親が揃っている家が多い。祖父母らしい顔もある。生徒たちは一旦校舎に入って各教室の自分の名前が貼ってある席に座って待つよう指示された。真っ白な指定品の校内用スニーカーを履いた生徒たちの踵《かかと》を見ながら階段を上る。なんともいえないにおいがした。新入生のにおいなのか、校舎のにおいなのか、雨上がりの埃のようなにおいだと宏は思った。雨なんてここ数日ぜんぜん降っていない。床と靴底がキュッキュと擦れた。教室に入り、机の右肩に貼ってある自分の名前を探しているとなかむらーと声がした。顔を上げると溝端くんがいた。塾で一緒だった。すでに席についている。「え?」「お前の席そこ、そこ。俺の斜め前」塾では男子で一番頭がよかった。宏の驚きをよそに溝端くんは笑って「あー、クラスに知ってる奴いてよかった。名前多分そうだよなと思ってよー」医者の息子で、自分も医者になると言っていて、彼の第一志望はここではなかったはずだ。塾での私服しか知らなかったので、黒い詰襟を着ているのは少し不思議だ。成績順のクラスではよく同じになったが友達ではなかった。話したこともほとんどない。塾では学校とは違う塾友達ができるが、運動神経も班活動のリーダーシップもなにもお互いわからない、ただ成績とその場の会話のテンポしか媒介するものがない人間関係はシンプルでだからこそ微妙で、溝端くんが自分の名前をちゃんと把握していることすら宏は意外だった。「久しぶり……おはよう」「オーハヨー。なーなー、中村は、ガッコ決まってから塾、行った？」「行ってない」「あーやっぱり」「親が電話して、ちょっと先生と、喋ったけど」合格、はい、本当にありがとうございました長い間、ええ、ええ、いえいえいえ先生方の。先生方のおかげです本当にハイ。ほら宏もお礼言いなさい。溝端くんはうんうん頷いた。切りたてらしく、少しクセのある硬そうな髪がきっぱり短く整えられていた。「俺さ、ハリマ先生に直接会っていろいろ言いたいことあったんだけどさー」「そうか」「はー」教室にいるのが全員男子で、全員黒い詰襟を着ている。これがこれから日常になる。カバーのない文庫本を読んでいる人もいる。机に突っ伏した人もいる。ちろちろ周囲を見ている人もいるし、ノートを広げてカリカリシャーペンを動かしている人もいる。親しげに大声で喋る声が廊下から聞こえる。「こういうとこ俺みたいデブの天パはいじめられんべ？　面倒くせえ」いや、成績いいんだから大丈夫だろと言おうとしてやめる。ここにいるのは全員あの試験に合格した人ばかりだ。「いじめとかあるかな」宏が低い声で言うと溝端くんは首をゴキッと鳴らした。「ない学校、ないっしょー。高校受験ないしさ、内申もないしさ、男ばっかでさ、たまるっしょ。お袋がすげえ不安がってんのねコッソリ。あ、俺ね、白線落ちたから！」白いラインが入った制服は県内で偏差値が一番高い男子校だ。やっぱりという顔もまさかという顔も不適切な気がして宏はただ頷いた。溝端くんは頬杖をついて「オヤジはさー、俺と同じ公立の小学校から白線行ったクチなのね。小学受験する話もあったけどさー、医者になるにあたっては、社会にはいろんな立場の人が生きていると実感するため温室育ちじゃいけない、小学校は公立行くべしってなんのセンミン気取りだよ」「センミン?」「そんでオヤジ俺が白線落ちてガッカリしてんのコッソリ。オフクロも。バレてるけど。カワイソ！　こっちの方が近いからよかったなんて、白線だとほら、遠いっしょ?」「へえ」「俺的には医者なれたらどこでもいいかーって。中村は?　なにになるとかあんの」「ない」「親は?」「普通。公務員」「継がんでいいね」「……医学部ってことは、高校は理系コース?」「本当は文系のが好きだけど」「え?　塾で算数すごかったのに」溝端くんはお、という顔をしてこちらを見た。顔がつるんとしている。溝端くんは多分髭に悩んだりしていないのだろう。詰襟で喉仏は見えない。窓から入る光が当たって、詰襟のこの硬い重たい生地は黒ではなくて紺なのだとわかる。「やればね。つうか、医者なら国語大事だろ?　ときどきいるだろ話が通じない医者。俺さ、もっとガキのころどっか病気してさ。生まれつきみたいな。そんでいっときでかい病院にずっと」教室がすうっと静まった。溝端くんも口を閉じた。スーツを着た男の人が入ってきた。浅い箱を持っている。胸にピンク色のバラの造花をつけている。父親よりは若いが若い人よりは老けていた。ハリマ先生くらいかなと思った。算数主任だが尋ねたら社会でも国語でもなんでも教えてくれて阪神ファンで独身でわざと寒い親父ギャグを言って一年中派手なアロハで授業する。学生アルバイトのころからずっとあの塾で小学生に受験勉強を教え続けているらしい。どうよそんな人生！　溝端くんはかつて塾の教室で塾友達らと話していた。そんな、一生、俺らみたいガキの勉強だけ見てさ、合格のことだけ考えてさ……幸せなのかね？　俺は嫌だね。男の人は教卓の上に箱を置いた。中にはつやつや光るピンクのバラが上向きに整然と並んでいた。男の人が胸につけているのと同じだった。「入学おめでとう」静かにとも席についてとも言われるまでもなく静まり返り席についた詰襟の男の子たちに向かってスーツを着た男の人は言った。「担任の前田です。一年間どうかよろしく。講堂に移動する前に、平成八年度、一年A組最初の出席をとります。呼ばれた人は返事。前に出て、このバラを一輪取って席に戻ってください。バラはこのように左胸に留めて。いいですか」はい、と何人かが答えた。溝端くんの声もした。

制服を脱いで顔を洗ってハツの首輪にリードをつけてうんこバッグを持って家を出てエイジの家に行って呼び鈴を押すとおばあさんが出てきて、エイジは入学式から帰って早々誰かと遊びに行ったと言われた。大きな音量でテレビが聞こえた。ウワー口の中でとろけるこの甘み！「そうだそうだ、合格おめでとうね、おめでとう」「いや……」「エイジに爪の垢もらおう、ハハハ！　あれは本当に最近遊び呆けて、あれじゃ中学も落第する……ちょっと待ってよ、なんかあげよ」「あ、いえ」「お菓子なんかは普通に食べていいんだろそっちのお母さん。ああ、メロンパン！　メロンパン……」おばあさんが薄暗い家の中に入ろうとしたのでいいですいいです本当にいいんですと言って川まで走った。ハツは宏の速度に合わせて走った。川縁の道に出たところで一度立ち止まり、ハツさあ、と宏は言った。ハツは今日はこちらを見なかった。下流の方を見ていた。ハツが最初走ってきた方向だった。いや違う、ハツは上流から走ってきて途中方向転換して……だからハツは自分が行こうとしていた方角を見ている。鼻がひくひく動いた。家々から料理のにおいがしてくる時間帯だった。混じり合って宏の鼻にはおいしそうより億劫なにおいに思われた。ハツの鼻にはもっと細かく色々なにおいがより強く複雑に感知されているのだろう。行こうと言って歩き出した。ハツはこちらを見ないまま従った。いつかすごく広いところでハツを自由自在に走らせてやらないといけないいんじゃないかと思った。だだっ広い野原とか砂浜とか、でも、ハツはそうやって走ったら帰ってこないんじゃないか。呼べば戻ってくる範囲で自由自在に走れなんて。ハツが突然はたはた尾を振り出した。エイジが向こうから歩いてきた。「宏じゃん」「エイジ、エイジ！」「ハツ元気かーオーオーオー。なあ知ってた？　中学ってさ、なんか運動部やらないとヤバいって」「あのさ。俺さ、ハツの散歩させてもらうことになったんだよ中学から一人で。朝」「おー」エイジは頷いた。「夕方は、部活とかまだわからなくて多分毎日じゃないんだけど、でも、できるだけ、俺、一人で」「よかったなー」「来いよ。川の方ぐるっと。一緒に」「おー行く行く！」「朝早いけど」「何時？」「五時半とか」「はえー」「じゃあ六時」「はええー！」エイジは来なかった。次の日も次の日も来なかった。宏は毎朝ハツを散歩させた。エイジは夕方にも来なかった。エイジの家の近くを通っても見かけない。たまにおばあさんが家の前を掃いたり立ち話をしたりしていたがそういうときは手前で道を曲がった。春が過ぎ夏になり秋になっても来なかった。宏と溝端くんは新聞部に入った。「文化祭のやつ家でやろうぜ、土曜日そっち行ってもいい？」「いいけど……うち犬いるよ」「おー俺犬好き、好き、シェパード飼ってたけど小三とき死んで超泣いたの。何犬？」「わからん。雑種。拾った犬」「溝端くんって、溝端内科の？　うちに？　明後日？　そう、ちょうどよかった！　貰い物のメロンあるからおやつに出してあげる」「おやつとかいらん」「溝端くん、メロン嫌いかしら」「知らんって」夕方散歩に出るとエイジの家の網戸の奥から笑い声が聞こえた。「うそだろ！　うそだろ！」「バッカでー」「ちょい待てって」「いまの」「ウワー死んだー」「待てもっかい」ゲラゲラ笑うどの声がエイジかわからなかった。宏は小さい家がかたまって並んでいる地域を通りすぎ川沿いに出た。土手にピンクのコスモスが咲いていた。白いのも咲いていた。ハツが立ち止まって少し回って腰を落とした。宏はうんこバッグから黒いビニール袋を取り出し手にはめた。川に石を投げて遊んでいる小学生たちがいた。水が跳ね散る高さを競っているらしい。ランドセルが放り出されている。便の袋の口を結ぶ間ハツは座って子供たちを見下ろしていた。五年生くらい、宏とエイジがハツを見つけたのもあれくらいのころだ。すごく昔のようだ。実際すごく昔だ。一人が勢いをつけて大きな石を深みに投げこんだ。ドンッと音がして水が散った。思ったより盛大ではなかったが彼らはのけぞって叫んだ。エイジは笑いながら手を伸ばしリセットボタンを押した。ハツが立ち上がってハアッと息を吐きリードを引くように数歩歩いて宏を見た。宏は便をうんこバッグに落とし歩き出した。

初出誌一覧

はね	文學界　二〇二一年二月号
心臓	文藝　二〇二一年夏季号
おおしめり	MONKEY vol.25　二〇二一年十月
絵画教室	新潮　二〇二一年九月号
海へ	文學界　二〇二一年十二月号
種	すばる　二〇二二年一月号
ヌートリア過ぎて	文學界　二〇二二年四月号
蛍光	文學界　二〇二二年十一月号
ものごころごろ	すばる　二〇二三年一月号

装画　長沢明『ファントム』（二〇二二年）
装丁　野中深雪

小山田浩子（おやまだ・ひろこ）
一九八三年、広島県生まれ。二〇一〇年、「工場」で第四十二回新潮新人賞を受賞しデビュー。二〇一三年、『工場』で第三十回織田作之助賞を受賞。二〇一四年、「穴」で第百五十回芥川龍之介賞を受賞。著書に『工場』『穴』『庭』『小島』『最近』『パイプの中のかえる』『小さい午餐』などがある。

ものごころ

二〇二五年二月十日　第一刷発行

著　者　小山田《おやまだ》浩子《ひろこ》
発行者　花田朋子
発行所　株式会社 文藝春秋
〒一〇二―八〇〇八　東京都千代田区紀尾井町三―二三
電話　〇三―三二六五―一二一一
印刷所　大日本印刷
製本所　大口製本
DTP制作　ローヤル企画

ISBN978-4-16-391942-3